Nikolai Gogol

Aufzeichnungen eines Wahnsinnigen

e-artnow 2018

Hermann Löns
Geschichten von der Jagd

Nikolai Gogol
Phantastische Geschichten

Leo Tolstoi
Gesammelte Erzählungen: Die Kreutzersonate + Herr und Knecht + Ein Präludium Chopins + Vater Sergius + Albert + Luzern + Polikei + Glück der Ehe und mehr

Nikolai Gogol
Petersburger Novellen

Nikolai Gogol
Taras Bulba: Geschichte des alten Saporoger Kosaken (Historischer Roman)

Nikolai Gogol

Aufzeichnungen eines Wahnsinnigen

Übersetzer: Korfiz Holm

e-artnow, 2018
ISBN 978-80-273-1241-2

Inhaltsverzeichnis

Aufzeichnungen eines Wahnsinnigen

Heute hat sich was Außergewöhnliches ereignet. Ich stand des Morgens ziemlich spät auf, und als Mawra mir meine geputzten Stiefel brachte, fragte ich sie, wie spät es sei. Als ich hörte, daß es schon längst zehn geschlagen habe, beeilte ich mich, mich anzukleiden. Offen gestanden, ich wäre am liebsten gar nicht ins Departement gegangen, da ich schon wußte, welch eine saure Miene unser Abteilungschef machen würde. Er pflegt mir schon seit längerer Zeit zu sagen: »Was hast du für ein Durcheinander im Kopfe, mein Bester? Manchmal rennst du wie ein Irrsinniger herum, bringst die Akten so durcheinander, daß der Satan selbst sich nicht auskennt, schreibst den Titel mit einem kleinen Anfangsbuchstaben und setzt weder Datum noch Nummer hin.« So ein verdammter Reiher! Er beneidet mich sicher, weil ich im Kabinett des Direktors sitze und für Seine Exzellenz die Federn zuschneide. Mit einem Worte, ich wäre gar nicht ins Departement gegangen, hätte ich nicht die Hoffnung gehabt, den Kassierer zu sehen und von diesem Juden wenigstens einen kleinen Vorschuß auf mein Gehalt zu erbetteln. Das ist auch so ein Geschöpf! Daß er auch nur einmal das Gehalt für einen Monat vorausbezahlt – du lieber Gott, eher bricht das Jüngste Gericht herein. Man mag ihn bitten, bis man zerspringt, und wenn man auch in der größten Klemme sitzt, der alte Teufel gibt keinen Pfennig her. Bei sich daheim läßt er sich aber von seiner eigenen Köchin ohrfeigen; das weiß die ganze Welt. Ich sehe nicht ein, was es für einen Vorteil haben soll, im Departement zu dienen: man hat ja gar keine Einnahmen dabei. In der Gouvernements-Verwaltung, in der Zivilkammer, im Rentamt ist es doch ganz anders: dort sitzt mancher Beamter in schäbigem Frack, mit einer Fratze, die man anspucken möchte, in seinem Winkelchen und schreibt, aber was sich der Kerl für eine Villa leistet! Mit einer vergoldeten Porzellantasse wage man sich an ihn gar nicht heran: »Das ist ja ein Geschenk für einen Doktor!« sagte er; man gebe ihm lieber entweder ein Paar Traber, oder einen Wagen, oder einen Biberpelz im Werte von dreihundert Rubeln. Er sieht so bescheiden aus und spricht so zart: »Leihen Sie mir doch Ihr Messerchen, ich will mir ein Federchen zuschneiden« – dabei rupft er aber den Bittsteller so, daß ihm kein Hemd am Leibe bleibt. Freilich ist unser Dienst edler, alles ist von einer Sauberkeit, wie man sie in einer Gouvernements-Verwaltung nie zu Gesicht bekommt, die Tische sind aus Mahagoni, und alle Vorgesetzten sagen zu einem »Sie«... Ja, ich muß gestehen, wenn nicht dieser edle Dienst wäre, so hätte ich das Departement schon längst verlassen.

Ich zog meinen alten Mantel an und nahm den Schirm, denn es regnete in Strömen. Auf den Straßen war niemand; ich sah nur einige einfache Weiber, die ihre Rockzipfel über den Kopf geschlagen hatten, einige altrussische Kaufleute mit Regenschirmen und einige Kanzleidiener. Von besserem Publikum sah ich nur einen Beamten. Ich traf ihn an einer Straßenecke. Als ich ihn erblickte, sagte ich mir: – Aha, mein Lieber, du gehst gar nicht ins Departement; du steigst jener Dame nach, die dort vorne läuft, und schaust ihr auf die Füßchen. – Was für eine Bestie ist doch so ein Beamter! Er gibt selbst einem Offizier nichts nach: kaum sieht er so ein Wesen in einem Hütchen, sofort hat er mit ihr angebandelt. Als ich mir dieses dachte, sah ich eine Equipage vor einem Laden halten, an dem ich gerade vorüberging. Ich erkannte sie sofort: es war die Equipage unseres Direktors. – Er hat in diesem Laden nichts zu suchen –, dachte ich mir, – es wird wohl seine Tochter sein. – Ich drückte mich an die Wand. Der Lakai öffnete den Wagenschlag, sie hüpfte heraus wie ein Vögelchen. Wie bezaubernd blickte sie nach rechts und links und bewegte Brauen und Augen... Du lieber Gott, ich war verloren, ganz verloren!... Was braucht sie bei solchem Regen auszufahren! Nun soll mir einer sagen, daß die Frauen keine Leidenschaft für Tand haben. Sie erkannte mich nicht, und auch ich bemühte mich, mich in meinen Mantel zu hüllen, um so mehr als ich einen schmierigen und altmodischen Mantel anhatte. Man trägt jetzt Mäntel mit einem langen Kragen, ich hatte aber einen mit mehreren kurzen Kragen an; auch ist das Tuch meines Mantels gar nicht dekatiert. Ihr Hündchen hatte nicht Zeit gehabt, in die Ladentüre zu schlüpfen, und blieb auf der Straße zurück. Ich kenne dieses Hündchen. Es heißt Maggie. Es war noch keine Minute vergangen, als ich ein feines

Stimmchen hörte: »Guten Tag Maggie!« Du lieber Gott, wer spricht denn da? Ich sah mich um und erblickte zwei Damen, die unter einem Regenschirm gingen: eine alte und eine ganz junge; sie waren schon vorbeigegangen, ich hörte aber neben mir wieder das Stimmchen: »Du solltest dich schämen, Maggie!« Teufel nochmal: ich sah, daß Maggie ein Hündchen beschnüffelte, das den beiden Damen folgte. – Aha! – dachte ich mir: – Bin ich auch nicht betrunken? Ich glaube aber, das passiert mit mir nur selten. – »Nein, Fidele, du irrst dich«, – ich sah mit eigenen Augen, daß Maggie diese Worte sprach: »Ich war, wau, wau, ich war, wau, wau, sehr krank.« Ach, dieses Hündchen! Offen gestanden, ich war sehr erstaunt, als ich den Hund mit einer Menschenstimme sprechen hörte; aber später, als ich mir alles überdachte, hörte ich auf, darüber zu staunen. Es hat doch in der Welt tatsächlich eine Menge ähnlicher Fälle gegeben. Man sagt, in England sei ein Fisch ans Ufer geschwommen, der zwei Worte in einer merkwürdigen Sprache gesagt habe, die die Gelehrten schon seit drei Jahren zu bestimmen suchen und noch immer nicht bestimmt haben. Ich habe in der Zeitung auch über zwei Kühe gelesen, die in einen Laden kamen und ein Pfund Tee verlangten. Ich war aber noch viel mehr erstaunt, als Maggie sagte: »Ich habe dir ja geschrieben, Fidèle; Polkan hat dir wahrscheinlich meinen Brief nicht übergeben!« Teufel nochmal: Ich habe mein Lebtag noch nie gehört, daß ein Hund schreiben kann. Richtig schreiben kann nur ein Edelmann. Allerdings pflegen auch Kaufleute, Ladengehilfen und sogar Leibeigene zu schreiben; aber ihr Schreiben ist meistens mechanisch: man findet darin weder Kommas, noch Punkte, noch einen Stil.

Das setzte mich in Erstaunen. Ich gestehe, seit einiger Zeit höre und sehe ich zuweilen solche Dinge, die noch kein Mensch gesehen und gehört hat. – Ich will mal diesem Hund nachgehen –, sagte ich zu mir selbst, – und erfahren, wer er ist und was er sich denkt. – Ich machte meinen Schirm auf und folgte den beiden Damen. Wir durchquerten die Gorochowaja, bogen dann in die Mjeschtschanskaja ein, dann in die Stoljarnaja, kamen zur Kokuschkin-Brücke und blieben schließlich vor einem großen Hause stehen. – Dieses Haus kenne ich –, sagte ich mir, – es ist Swjerkows Haus. – So ein Ungeheuer von einem Haus! Was für Leute wohnen nicht alles darin: so viele Köchinnen, so viele Zugereiste! Von uns Beamten gibt es da aber so viele wie Hunde: der eine sitzt auf dem anderen und treibt den dritten an. Ich habe da auch einen Freund, der sehr gut Trompete spielt. Die Damen stiegen in den fünften Stock hinauf. – Gut –, dachte ich mir, – heute gehe ich noch nicht hinauf, ich will mir nur das Haus merken und bei der nächsten Gelegenheit daraus Nutzen ziehen. –

4. Oktober

Heute ist Mittwoch, und darum war ich bei unserem Direktor im Kabinett. Ich kam absichtlich etwas früher, setzte mich hin und schnitt alle Federn zurecht. Unser Direktor ist wahrscheinlich ein sehr kluger Mann. Sein Kabinett ist voller Bücherschränke. Ich las die Titel einiger von ihnen: solch eine Gelehrsamkeit, daß sich unsereins gar nicht heranwagen darf, alles entweder französisch oder deutsch. Und wenn man ihm ins Gesicht blickt – du lieber Gott, was für eine Würde leuchtet aus seinen Augen! Ich habe noch nie gehört, daß er ein überflüssiges Wort gesagt hätte. Wenn man zu ihm mit den Papieren kommt, fragt er nur: »Was für ein Wetter ist heute?« – »Es ist feucht, Euer Exzellenz!« Ja, er ist doch etwas anderes als unsereins! Ein Staatsmann. – Ich merke jedoch, daß er mich besonders lieb hat und auch seine Tochter... Ach, verdammt!... Nichts, gar nichts, Schweigen! – Ich las in der »Nordischen Biene«. Was für ein dummes Volk sind diese Franzosen! Was wollen sie denn eigentlich? Lieber Gott, ich würde sie alle hernehmen und mit Ruten züchtigen! In der gleichen Zeitung las ich auch die Beschreibung eines Balles, die einen Kursker Gutsbesitzer zum Verfasser hat. Kursker Gutsbesitzer schreiben sehr schön. Da merkte ich, daß es schon halb eins schlug, unser Direktor aber noch immer nicht aus seinem Schlafzimmer herausgekommen war. So um halb zwei ereignete sich etwas, was keine Feder zu beschreiben vermag. Die Türe ging auf, ich dachte, es sei der Direktor, und sprang mit den Papieren vom Stuhle auf; es war aber sie, sie selbst! Alle

Heiligen, wie war sie gekleidet! Ihr Kleid war so weiß wie ein Schwan, Gott, wie herrlich! Und als sie mich anblickte, so war es wie die Sonne! Bei Gott, wie die Sonne! Sie nickte mir zu und sagte: »War Papa noch nicht hier?« Ach, ach, ach, diese Stimme! Ein Kanarienvogel, tatsächlich ein Kanarienvogel! »Eure Exzellenz«, wollte ich ihr sagen, »lassen Sie mich nicht strafen, und wenn Sie mich schon strafen wollen, so strafen Sie mich mit Ihrem eigenen Händchen!« Aber meine Zunge versagte, und ich sagte nur: » Nein, er war noch nicht hier.« Sie sah mich an, sah auf die Bücher und ließ ihr Taschentuch fallen. Ich stürzte hin, um es aufzuheben, glitt auf dem verdammten Parkett aus und hätte mir beinahe die Nase zerschlagen; aber ich hielt mich noch aufrecht und hob das Taschentuch auf. Alle Heiligen, was für ein Taschentuch! Der feinste Batist! Ambra, ganz wie Ambra! Er duftet förmlich nach dem Generalsrang! Sie dankte und lächelte leise, so daß ihre zuckersüßen Lippen sich fast gar nicht regten, und dann ging sie. Ich blieb noch eine Stunde lang sitzen, als plötzlich der Lakai eintrat und sagte: »Gehen Sie, Aksentij Iwanowitsch, heim, der Herr ist schon aus dem Hause gegangen.« Ich kann dieses Lakaienvolk nicht ausstehen: Immer rekeln sie sich im Vorzimmer und geben sich nicht mal die Mühe, mit dem Kopf zu nicken. Und noch mehr als das: einer dieser Bestien fiel es einmal ein, mir, ohne vom Platze aufzustehen, eine Prise anzubieten. »Weißt du denn nicht, du dummer Knecht, daß ich ein Beamter und von adeliger Abstammung bin?« Ich nahm jedoch meinen Hut, zog selbst meinen Mantel an, denn diese Herren geben sich niemals die Mühe, einem in den Mantel zu helfen, und ging. Zu Hause lag ich fast die ganze Zeit auf dem Bett. Dann schrieb ich ein sehr hübsches Gedicht ab:

> »Liebster Schatz blieb aus ein Stündchen,
> doch mir wars, als wär's ein Jahr!
> Immer dacht' ich an ihr Mündchen
> und ans seidenweiche Haar!«

Das hat wohl Puschkin verfaßt. Gegen Abend hüllte ich mich in meinen Mantel, ging vors Haus Seiner Exzellenz und wartete, ob sie nicht erscheinen würde; aber sie erschien nicht.

6. November

Der Abteilungschef brachte mich heute ganz aus der Fassung. Als ich ins Departement kam, rief er mich zu sich und sagte zu mir folgendes: »Sag mir, bitte, was tust du eigentlich?« – »Was ich tue? Ich tue gar nichts.« – »Überlege es dir doch: du bist ja bald vierzig Jahre alt, es ist Zeit, daß du Verstand annimmst. Was denkst du dir eigentlich? Glaubst du vielleicht, daß ich deine Streiche nicht kenne? Du läufst ja der Tochter des Direktors nach. Schau dich selbst an und bedenke, was du bist! Du bist eine Null. Du hast keinen Heller. Betrachte wenigstens dein Gesicht im Spiegel, wie kannst du daran auch nur denken!« Hol ihn der Teufel! Weil sein Gesicht einige Ähnlichkeit mit einer Apothekerflasche hat, weil er auf dem Kopfe einen gekräuselten Haarschopf hat, weil er den Kopf hoch trägt und mit irgendeiner Rosenpomade schmiert, glaubt er, ihm allein sei alles erlaubt. Ich verstehe, warum er so böse auf mich ist. Er beneidet mich. Vielleicht hat er schon gemerkt, daß ich bevorzugt werde. Aber ich spucke auf ihn. Auch eine große Sache – ein Hofrat! Hat sich eine goldene Uhrkette an den Bauch gehängt, läßt sich Stiefel zu dreißig Rubel das Paar machen – hol ihn der Teufel! Bin ich vielleicht von niederem Stande, stamme ich von einem Schneider oder von einem Unteroffizier ab? Ich bin ein Edelmann! Ich kann mich noch hinaufdienen. Ich bin nur zweiundvierzig Jahre alt, und in diesem Alter beginnt erst der richtige Dienst. Wart, Freundchen! Auch wir werden noch einmal Oberst sein und, so Gott will, vielleicht noch mehr. Auch wir werden uns eine Wohnung anschaffen, vielleicht eine bessere als die deinige. Was hast du dir in den Kopf gesetzt, daß es außer dir keinen anständigen Menschen gibt. Wenn ich einen feinen Frack nach der neuesten Mode anziehe und mir eine Krawatte umbinde, wie du eine trägst, so reichst du nicht an meine Schuhsohle heran. Ich habe bloß keine Mittel, das ist mein Unglück.

8. November

Ich war im Theater. Man spielte den »Russischen Narren Filatka«. Ich habe viel gelacht. Es gab noch eine Posse mit sehr lustigen Versen über die Gerichtsschreiber, besonders über einen gewissen Kollegien-Registrator; die Verse waren sehr frei, und ich mußte mich wundern, daß die Zensur sie hat passieren lassen; von den Kaufleuten hieß es aber ganz offen, daß sie das Volk betrügen und daß ihre Söhne tolle Streiche machen und nach dem Adelsstande streben. Es gab auch ein sehr amüsantes Couplet über die Journalisten: diese schimpfen gerne auf alles, und der Autor bittet das Publikum um Schutz. Die Autoren schreiben heute sehr amüsante Stücke. Ich besuche gerne das Theater. Wenn ich nur einen Groschen in der Tasche habe, kann ich mich nicht beherrschen und muß hinein. Unter unseren Beamten gibt es aber solche Schweine, die niemals ins Theater gehen; höchstens, wenn man ihnen ein Billett schenkt. Eine Schauspielerin sang sehr schön. Ich mußte an sie denken... Ach, verdammt!... Nichts, gar nichts... Schweigen.

9. November

Um acht Uhr ging ich ins Departement. Der Abteilungschef tat so, als bemerkte er mein Erscheinen gar nicht. Auch ich meinerseits tat so, als wäre zwischen uns nichts vorgefallen. Ich sah die Akten durch und verglich sie miteinander. Um vier Uhr ging ich fort. Ich kam an der Wohnung des Direktors vorbei, aber es war niemand zu sehen. Nach dem Essen lag ich meistenteils wieder auf dem Bett.

11. November

Heute saß ich im Kabinett unseres Direktors und schnitt für ihn dreiundzwanzig Federn und für sie... ei! ei!... für Ihre Exzellenz vier Federn. Er hat es sehr gern, wenn auf dem Tische möglichst viel Federn bereitliegen. Gott, das muß ein Kopf sein! Er schweigt immer, aber im Kopfe, glaube ich, überlegt er sich alles. Ich möchte so gern wissen, worüber er hauptsächlich denkt und was für Pläne in diesem Kopfe entstehen. Ich möchte mir das Leben dieser Herren näher ansehen, alle diese Equivoquen und Hofintrigen: wie sie sind und was sie in ihrem Kreise treiben, das möchte ich wissen! Ich wollte schon einigemal ein Gespräch mit Seiner Exzellenz beginnen, aber die Zunge, hol sie der Teufel, versagte mir ihren Dienst; ich sagte bloß, daß es draußen kalt oder warm sei, sonst konnte ich aber nichts mehr herausbringen. Ich möchte so gern in den Salon hineinblicken, dessen Türe manchmal offensteht, und dann auch noch in ein anderes Zimmer, hinter dem Salon. Ach, diese reiche Einrichtung! Was für Spiegel und Porzellan! Ich möchte so gerne auch in die Zimmer hineinblicken, die Ihre Exzellenz bewohnt, – da möchte ich hineinschauen! Ins Boudoir, wo alle die Döschen, Gläschen stehen, so zarte Blumen, daß man gar nicht hinzuhauchen wagt, wo ihr Kleid liegt, das eher an Luft als an ein Kleid erinnert. Ich möchte in ihr Schlafzimmer hineinblicken... dort sind wohl solche Wunder, dort ist solch ein Paradies, wie man es nicht einmal im Himmel findet. Ich möchte das Bänkchen sehen, auf das sie, wenn sie vom Bette aufsteht, ihr Füßchen setzt, wie sie sich das schneeweiße Strümpfchen anzieht... Ei! ei! ei! Nichts, gar nichts... Schweigen.

Heute ging mir plötzlich ein Licht auf: ich erinnerte mich an das Gespräch der beiden Hündchen, das ich auf dem Newskij-Prospekt gehört hatte. – Gut, sagte ich mir, – jetzt werde ich alles erfahren. Ich muß nur die Briefe abfangen, die diese gemeinen Hunde einander schreiben. Aus ihnen werde ich wohl manches erfahren. – Offen gestanden, rief ich einmal Maggie zu mir heran und sagte ihr: »Hör einmal, Maggie, wir sind jetzt allein; wenn du willst, schließe ich auch die Türe ab, so daß uns niemand sehen wird, – erzähle mir alles, was du über dein Fräulein weißt: was sie treibt und wie sie ist? Ich will dir schwören, daß ich es niemand verraten werde.«

Aber das listige Hundevieh zog den Schweif ein, duckte sich und ging leise aus dem Zimmer, als hätte es nichts gehört. Ich habe schon längst vermutet, daß der Hund viel klüger ist als der Mensch; ich bin sogar überzeugt, daß er zu sprechen versteht und es nur aus Trotz nicht tut. So ein Hund ist ein hervorragender Politiker: er merkt sich alles, jeden Schritt, den der Mensch tut. Nein, ich gehe morgen unbedingt in Swjerkows Haus, nehme Fidèle ins Gebet und eigne mir, wenn es geht, alle Briefe an, die Maggie ihr geschrieben.

12. November

Um zwei Uhr ging ich aus, mit dem festen Vorsatz, Fidele zu sehen und zu vernehmen. Ich verabscheue den Kohlgeruch, der aus allen Kramladen in der Mjeschtschanskaja dringt; außerdem kommt aus dem Torwege eines jeden Hauses ein so höllischer Gestank, daß ich mir die Nase zuhielt und, so schnell ich konnte, weiterlief. Auch diese verdammten Handwerker verpesten die Luft mit dem Ruß und Rauch aus ihren Werkstätten, so daß ein anständiger Mensch hier unmöglich Spazierengehen kann. Als ich in den sechsten Stock hinaufgestiegen war und geläutet hatte, kam ein Mädchen heraus, gar nicht übel von Aussehen, mit kleinen Sommersprossen im Gesicht. Ich erkannte sie: es war dieselbe, die damals mit der Alten ging. Sie errötete leicht, und ich begriff sofort: – Du willst wohl einen Mann, meine Liebe! – »Was wünschen Sie?« fragte sie. – »Ich muß mit Ihrem Hündchen sprechen.« Das Mädel war dumm! Ich merkte sofort, daß sie dumm war! Das Hündchen kam indessen selbst bellend hereingelaufen; ich wollte es packen, aber das garstige Vieh hätte mich beinahe in die Nase gebissen. Ich erblickte jedoch in der Ecke den Korb, in dem der Hund zu schlafen pflegt. Ach, da ist doch alles, was ich brauche! Ich ging auf ihn zu, durchwühlte das Stroh und holte zu meinem unbeschreiblichen Vergnügen ein kleines Papierbündel hervor. Als das gemeine Hundevieh es sah, biß es mich erst in die Wade und begann, als es merkte, daß ich seine Papiere genommen hatte, zu winseln und zu schmeicheln; ich aber sagte: »Nein, mein Schatz, leb wohl!« und stürzte hinaus. Ich glaube, das Mädel hielt mich für verrückt, denn es erschrak außerordentlich. Nach Hause zurückgekehrt, wollte ich mich gleich an die Arbeit machen und die Briefe durchsehen, denn bei Kerzenlicht sehe ich nicht gut; der Mawra fiel es aber gerade ein, den Boden zu scheuern. Diese dummen Finnenweiber sind immer zur ungelegenen Zeit reinlich. Darum ging ich aus, um einen kleinen Spaziergang zu machen und mir den Fall zu überlegen. Nun werde ich endlich alle Einzelheiten, alle Hintergedanken, alle geheimen Triebfedern kennenlernen und alles ergründen. Diese Briefe werden mir alles enthüllen. Die Hunde sind ein kluges Volk, sie kennen alle politischen Zusammenhänge, und darum werde ich wohl auch alles Nähere über unseren Direktor finden: das Porträt und alle Taten dieses Mannes. Es wird auch einiges über sie darin stehen… nichts, Schweigen! Gegen Abend kam ich nach Hause. Lag die meiste Zeit auf dem Bett.

13. November

Nun, wollen wir mal sehen! Der Brief ist recht leserlich, in der Schrift liegt aber etwas Hündisches. Lesen wir ihn einmal:

»Liebe Fidèle! Ich kann mich noch immer nicht an Deinen kleinbürgerlichen Namen gewöhnen. Konnte man Dir denn wirklich keinen besseren geben? Fidèle, Rosa, was für ein banaler Ton! Aber lassen wir das alles beiseite. Ich freue mich sehr, daß es uns eingefallen ist, einander zuschreiben.«

Der Brief ist ziemlich korrekt geschrieben. Die Interpunktionszeichen und sogar der Buchstabe »jatj« stehen immer auf dem richtigen Platz. Ich glaube gar, selbst unser Abteilungsvorstand kann nicht so korrekt schreiben, obwohl er behauptet, irgendwo eine Universität besucht zu haben. Sehen wir mal weiter.

»...Mir scheint, es gehört zu den größten Freuden im Leben, seine Gedanken, Gefühle und Eindrücke mit einem anderen teilen zu können.«

Hm!...Dieser Gedanke ist einem aus dem Deutschen übersetzten Werke entnommen. Auf den Titel kann ich mich nicht besinnen.

»...Ich sage das aus Erfahrung, obwohl ich in der Welt nicht weiter als bis vor unser Haustor herumgelaufen bin. Lebe ich nicht in höchster Zufriedenheit? Meine Fräulein, das der Papa Sophie nennt, liebt mich bis zur Bewußtlosigkeit.«

Ei, ei!...nichts, gar nichts! Schweigen!

»...Auch der Papa liebkost mich sehr oft. Ich trinke Tee und Kaffee mit Sahne. Ach, ma chère, ich muß Dir sagen, daß ich gar kein Vergnügen an den großen abgenagten Knochen finde, die unser Polkan in der Küche frißt. Knochen sind nur gut vom Wild und auch das nur, wenn noch niemand das Mark aus ihnen herausgesogen hat. Es ist sehr gut, mehrere Saucen durcheinanderzumischen, doch nur solche ohne Kapern und ohne Grünzeug; aber ich kenne nichts Schlimmeres als die Angewohnheit, den Hunden aus Brot geknetete Kügelchen zu geben. Da beginnt irgendein Herr, der bei Tische sitzt und allerlei Zeug in seinen Händen gehalten hat, mit diesen selben Händen Brot zu kneten; dann ruft er Dich heran und schiebt Dir so ein Kügelchen ins Maul. Es nicht anzunehmen wäre unhöflich, – so frißt man es, obgleich mit Ekel, aber man frißt es doch...«

Weiß der Teufel, was das ist! So ein Unsinn! Als ob es keinen besseren Gegenstand gäbe, über den man schreiben könnte. Schauen wir mal auf der nächsten Seite nach, vielleicht steht dort etwas Vernünftigeres.

»...Ich will Dich sehr gerne über alle Ereignisse unterrichten, die sich bei uns abspielen. Ich habe Dir schon einiges über den wichtigsten Herrn erzählt, den Sophie Papa nennt. Er ist ein sehr sonderbarer Mensch...«

Aha, da ist es endlich! Ja, ich habe es gewußt: sie haben einen politischen Blick für alle Dinge. Sehen wir mal nach, was da über den Papa steht.

»...ein sehr sonderbarer Mensch. Er schweigt meistens und redet nur sehr selten. Aber vor einer Woche sprach er fortwährend mit sich selbst: ›Werde ich ihn kriegen oder werde ich ihn nicht kriegen?‹ Oder er nimmt in die eine Hand ein Stück Papier, ballt die andere leer zusammen und fragt: ›Werde ich ihn kriegen oder werde ich ihn nicht kriegen?‹ Einmal wandte er sich auch an mich mit der Frage: ›Wie glaubst du, Maggie, werde ich ihn kriegen oder nicht kriegen?‹ Ich konnte absolut nichts verstehen! Ich beschnüffelte nur seinen Stiefel und ging fort. Später, ma chère, nach einer Woche kam der Papa hocherfreut heim. Den ganzen Vormittag besuchten ihn Herren in Galauniformen und gratulierten ihm zu etwas. Bei Tisch war er so aufgeräumt, wie ich ihn noch nie gesehen habe, und erzählte immer Witze. Nach Tisch hob er mich aber zu seinem Hals und sagte: ›Schau mal, Maggie, was ist denn das?‹ Ich sah nur ein Bändchen. Ich beschnüffelte es, konnte aber gar keinen Duft wahrnehmen; schließlich leckte ich vorsichtig daran: es schmeckte etwas salzig.«

Hm! Dieses Hundevieh erlaubt sich, scheint mir, etwas zu viel...daß es nur keine Schläge kriegt!

– Er ist also ehrgeizig! Das muß ich mir merken. –

»...Leb wohl, ma chère! Ich muß laufen usw. usw...Morgen schreibe ich den Brief fertig. – Nun, guten Tag! Ich bin wieder bei Dir. Heute war mein Fräulein Sophie...«

Ah! Sehen wir mal, was mit Sophie los war. Diese Gemeinheit! Nichts, gar nichts...fahren wir fort.

»...war mein Fräulein Sophie in außerordentlicher Aufregung. Sie rüstete sich zu einem Ball, und ich freute mich sehr, daß ich Dir in ihrer Abwesenheit schreiben kann. Meine Sophie ist immer sehr froh, wenn sie auf einen Ball gehen kann, obwohl sie sich beim Ankleiden fast immer ärgert. Ich kann nicht verstehen, warum sich die Menschen ankleiden. Warum laufen sie nicht einfach so herum wie zum Beispiel wir? So ist es so gut und bequem. Ich verstehe auch nicht, was das für ein Vergnügen ist, auf einen Ball zu gehen, ma chère. Sophie kommt von einem Ball immer erst gegen sechs Uhr früh heim, und ich erkenne fast immer an ihrem blassen, elenden Aussehen, daß man der Ärmsten nichts zu essen gegeben hat. Ich muß gestehen, ich könnte so nicht leben. Wenn ich keine Sauce mit Rebhuhn oder keinen gebratenen Hühnerflügel bekäme, so ... so weiß ich wirklich nicht, was mit mir geschähe. Auch Sauce mit Grütze schmeckt nicht schlecht; aber gelbe oder weiße Rüben oder Artischocken werden mir niemals gefallen.«

Ein auffallend ungleichmäßiger Stil! Man sieht gleich, daß es kein Mensch geschrieben hat: er fängt an, wie es sich gehört, und schließt ganz hündisch. Sehen wir uns noch dieses Brieflein an. Es ist etwas lang. Hm! Es steht auch kein Datum dabei.

»... Ach, Liebste, wie deutlich läßt sich das Nahen des Frühlings fühlen. Mein Herz klopft so, als erwarte es jemand. In meinen Ohren ist ein ewiges Rauschen, so daß ich oft minutenlang mit erhobenem Beinchen lauschend an der Tür stehe. Ich will Dir eröffnen, daß ich viele Verehrer habe. Oft sitze ich auf der Fensterbank und betrachte sie. Ach, wenn Du wüßtest, was es für Scheusale unter ihnen gibt! Mancher ungeschlachte Köter, dem die Dummheit im Gesicht geschrieben steht, geht wichtig über die Straße und bildet sich ein, er sei eine höchst vornehme Person und alle müßten ihn bewundern. Keine Spur! Ich schenkte ihm nicht die geringste Beachtung und tat so, als hätte ich ihn überhaupt nicht gesehen. Und was für eine schreckliche Dogge bleibt manchmal vor meinem Fenster stehen! Hätte sie sich auf die Hinterbeine gestellt, was das rohe Vieh wohl gar nicht kann, so wäre sie um einen Kopf größer als der Papa meiner Sophie, der doch recht groß gewachsen und auch dick ist. Diese dumme Dogge ist sicher ein furchtbar frecher Kerl. Ich knurrte sie an, aber sie machte sich nichts draus, und verzog keine Miene! Sie streckte nur die Zunge heraus, ließ die mächtigen Ohren hängen und blickte in mein Fenster herauf, – so ein Bauer! Aber glaubst Du denn wirklich, ma chère, daß mein Herz für all dies Werben unempfindlich sei? Ach, nein ... Hättest Du nur einen gewissen Kavalier gesehen, der über den Zaun des Nachbarhauses geklettert kommt und Tresor heißt ... Ach, ma chère, was er für ein Schnäuzchen hat! ...«

Pfui, zum Teufel! ... Solches Gesudel! Wie kann man nur seine Briefe mit solchen Dummheiten anfüllen! Man zeige mir einen Menschen! Ich will einen Menschen sehen, mich verlangt nach geistiger Nahrung, die meine Seele speist und ergötzt; statt dessen aber dieser Unsinn ... Wenden wir die Seite um, vielleicht wird es besser?

»... Sophie saß am kleinen Tisch und nähte etwas. Ich blickte zum Fenster hinaus, denn ich beobachte gern die Passanten; plötzlich trat der Diener herein und meldete: ›Herr Teplow!‹ – ›Ich lasse bitten!‹ rief Sophie und fing an, mich zu umarmen. ›Ach, Maggie, Maggie! Wenn Du nur wüßtest, wer das ist: er ist brünett und Kammerjunker und hat Augen so schwarz wie Achat!‹ Und Sophie lief in ihr Zimmer. Einen Augenblick später erschien ein junger Kammerjunker mit schwarzem Backenbart; er trat vor den Spiegel, brachte sein Haar in Ordnung und sah sich im Zimmer um. Ich knurrte eine Weile und setzte mich dann auf meinen Platz. Sophie kam bald wieder und beantwortete seinen Kratzfuß mit einem vergnügten Nicken: ich tat so, als bemerkte ich nichts, und sah ruhig zum Fenster hinaus; aber ich neigte meinen Kopf etwas zur Seite und gab mir Mühe zu hören, was sie sprachen. Ach, ma chère, was für dummes Zeug redeten sie zusammen! Sie sprachen davon, daß eine Dame beim Tanz statt der einen Figur eine andere gemacht habe; daß irgendein Herr Bobow in seinem Jabot ganz wie ein Storch ausgesehen hätte und beinahe hingeplumpst wäre! daß irgendeine Frau Lidina sich einbilde, blaue Augen zu haben, während sie in Wirklichkeit grüne habe, und dergleichen mehr. – Wenn man diesen Kammerjunker mit meinem Tresor vergleichen wollte! – dachte ich mir. Du lieber Himmel, dieser Unterschied! Erstens hat der Kammerjunker ein vollkommen glattes, breites Gesicht mit einem Backenbart ringsherum, es sieht aus, als hätte er sich das Gesicht mit einem schwarzen Tuch umbunden; Tresor hat aber ein feines Schnäuzchen und eine kleine weiße Stelle mitten auf der Stirn. Tresors Taille kann man mit der des Kammerjunkers gar nicht vergleichen. Wie anders sind auch die Augen, die Manieren, das ganze Benehmen. Ach, welch ein Unterschied! Ich weiß nicht, ma chere, was sie an ihrem Teplow gefunden hat. Warum ist sie so entzückt von ihm? ...«

Auch mir scheint, daß hier etwas nicht stimmt. Es kann nicht sein, daß Teplow sie so bezaubert hat. Lesen wir weiter:

»...Mir scheint, wenn ihr dieser Kammerjunker gefällt, so wird ihr auch bald der Beamte gefallen, der beim Papa im Kabinett zu sitzen pflegt. Ach, ma chère, wenn Du nur wüßtest, was das für ein Scheusal ist! Ganz wie eine Schildkröte in einem Sack...«

Was mag das wohl für ein Beamter sein...

»...Sein Familienname klingt sehr merkwürdig. Er sitzt immer da und schneidet die Federn zurecht. Das Haar auf seinem Kopfe hat große Ähnlichkeit mit Heu. Der Papa verwendet ihn manchmal zu Botengängen...«

Mir scheint, dieses gemeine Hundevieh spielt auf mich an. Aber ist denn mein Haar wie Heu?

»...Sophie kann sich gar nicht des Lachens enthalten, wenn sie ihn ansieht.« Du lügst, verdammtes Hundevieh! So eine böse Zunge! Als ob ich nicht wüßte, daß es nichts als Neid ist! Als ob ich nicht wüßte, wessen Streiche es sind! Es sind Streiche des Abteilungsvorstandes. Hat doch dieser Mensch mir ewigen Haß geschworen, und so schadet er mir auf Schritt und Tritt. Sehen wir uns indessen noch einen Brief an. Vielleicht klärt sich dann die Sache von selbst.

» Ma chère Fidèle, entschuldige, daß ich so lange nicht geschrieben habe. Ich war wie in einem Rausch. Wie richtig hat doch ein Dichter gesagt, die Liebe sei ein zweites Leben. Außerdem gibt es bei uns im Hause große Veränderungen. Der Kammerjunker sitzt jetzt bei uns jeden Tag. Sophie ist wahnsinnig in ihn verliebt. Papa ist sehr vergnügt. Ich hörte sogar von unserem Grigorij, der den Boden kehrt und fast immer mit sich selbst spricht, daß die Hochzeit bald stattfinden werde, denn der Papa wolle Sophie durchaus mit einem General oder einem Kammerjunker oder einem Oberst verheiratet sehen...«

Hol's der Teufel! Ich kann nicht weiter lesen...Immer ist's ein Kammerjunker oder ein General. Alles Beste, was es auf der Welt gibt, fällt immer den Kammerjunkern oder den Generälen zu. Hol's der Teufel! Wie gerne möchte auch ich General werden, doch nicht um ihre Hand und so weiter zu erlangen, – nein, ich möchte nur deshalb General werden, um zu sehen, wie sie vor mir scharwenzeln und alle diese höfischen Kunststücke und Manieren zeigen werden, und um ihnen dann zu sagen, daß ich auf sie beide spucke. Hol's der Teufel, es ist ärgerlich! Ich habe die Briefe dieses dummen Hundes in Stücke gerissen.

3. Dezember

Es kann nicht sein, es ist erlogen! Es wird nie zu einer Hochzeit kommen! Was ist denn dabei, daß er Kammerjunker ist? Das ist ja doch nur ein Titel und keine sichtbare Sache, die man in die Hand nehmen könnte. Weil er Kammerjunker ist, hat er doch kein drittes Auge auf der Stirn. Seine Nase ist doch auch nicht aus Gold gemacht, sondern genauso wie die meine und wie die eines jeden Menschen; er riecht doch und ißt nicht mit ihr, er niest mit ihr und hustet nicht. Ich wollte schon einigemal dahinterkommen, worauf alle diese Unterschiede beruhen. Warum bin ich Titularrat, und woraus folgt, daß ich Titularrat bin? Vielleicht bin ich gar kein Titularrat? Vielleicht bin ich ein Graf oder ein General und sehe nur wie ein Titularrat aus. Vielleicht weiß ich selbst noch nicht, wer ich bin. Es gibt doch so viele Beispiele in der Weltgeschichte: ein ganz einfacher Mensch, nicht einmal ein Adliger, sondern ein Kleinbürger oder sogar Bauer, entpuppt sich plötzlich als hoher Würdenträger, als ein Baron, oder wie heißt es noch...Wenn aus einem Bauern so etwas werden kann, was kann dann alles aus einem Edelmann werden? Da komme ich zum Beispiel in Generalsuniform zu unserm Chef: auf der rechten Schulter habe ich eine Epaulette, auf der linken Schulter eine Epaulette, ein blaues Band über die Achsel – nun, was wird dann meine Schöne sagen? Was wird ihr Papa, unser Direktor sagen? Oh, er ist doch sehr ehrgeizig! Er ist ein Freimaurer, ganz gewiß ein Freimaurer; er tut zwar so, als wäre er dies und jenes, aber ich habe es gleich bemerkt, daß er ein Freimaurer ist: wenn er jemand die Hand reicht, so streckt er nur zwei Finger aus. Kann ich denn nicht jetzt gleich in diesem

Augenblick zum General-Gouverneur, oder zum Intendanten oder zu etwas Ähnlichem ernannt werden? Ich möchte gerne wissen, warum ich Titularrat bin? Warum gerade Titularrat?

5. Dezember

Ich las heute den ganzen Vormittag Zeitungen. Merkwürdige Dinge gehen in Spanien vor. Ich kann mich in ihnen so gar nicht ordentlich zurechtfinden. Man schreibt, der Thron sei erledigt, und die Stände hätten wegen der Wahl eines Thronfolgers Schwierigkeiten; darum gäbe es Aufstände. Dies kommt mir außerordentlich seltsam vor. Wie kann bloß der Thron erledigt sein? Man sagt, irgendeine Donna werde den Thron besteigen müssen. Aber eine Donna kann den Thron nicht besteigen, es ist unmöglich. Auf dem Throne muß doch ein König sitzen. »Aber es gibt keinen König«, sagen die Leute. Es kann doch nicht sein, daß es keinen König gibt. Ein Staat kann nicht ohne einen König bestehen. Es gibt wohl einen König, er hält sich aber wohl irgendwo unerkannt auf. Vielleicht befindet er sich sogar dort an Ort und Stelle, aber irgendwelche Familiengründe oder Befürchtungen seitens der Nachbarstaaten wie Frankreich und der anderen zwingen ihn, sich verborgen zu halten, oder es gibt irgendwelche anderen Ursachen.

8. Dezember

Ich war schon bereit, ins Departement zu gehen, aber verschiedene Gründe und Erwägungen hielten mich davon ab. Die spanischen Angelegenheiten wollten mir nicht aus dem Sinn.

Wie kann es nur sein, daß eine Donna Königin wird?

Man wird es nicht zulassen. Erstens wird es England nicht gestatten. Dazu auch die politische Lage von ganz Europa, der Kaiser von Österreich, unser Kaiser... Ich muß gestehen, alle diese Ereignisse haben mich dermaßen erschüttert, daß ich den ganzen Tag gar nichts tun konnte. Mawra sagte mir, ich sei bei Tisch äußerst zerstreut gewesen. Ich glaube, ich habe in meiner Zerstreutheit tatsächlich zwei Teller auf den Boden geschmissen, die auch zerbrachen. Nach dem Essen ging ich zu der Rutschbahn, konnte aber aus dem Schauspiel nichts Belehrendes schöpfen. Die meiste Zeit lag ich zu Bett und dachte über die spanischen Angelegenheiten nach.

Im Jahre 2000, d. 43. April

Der heutige Tag ist ein Tag des größten Triumphs! Spanien hat einen König. Er ist plötzlich da. Dieser König bin ich. Gerade heute habe ich es erfahren. Ich muß gestehen, es erleuchtete mich wie ein Blitz. Ich verstehe nicht, wie ich mir nur denken und einbilden konnte, daß ich ein Titularrat sei. Wie konnte mir nur dieser verrückte, wahnsinnige Gedanke in den Kopf kommen? Es ist noch ein Glück, daß es niemand eingefallen ist, mich ins Irrenhaus zu sperren. Jetzt ist mir alles klar. Jetzt sehe ich alles deutlich vor mir liegen. Und bisher – ich verstehe es gar nicht, – bisher lag vor mir alles wie im Nebel. Ich glaube, das alles kommt daher, weil die Menschen sich einbilden, das menschliche Gehirn befinde sich im Kopfe; dem ist aber gar nicht so: es wird von einem Winde vom Kaspischen Meere hergebracht. Zuerst erklärte ich der Mawra, wer ich bin. Als sie hörte, daß vor ihr der König von Spanien steht, schlug sie die Hände zusammen und starb fast vor Schreck; die Dumme hat noch nie einen König von Spanien gesehen. Ich gab mir jedoch Mühe; sie zu beruhigen, und versicherte sie in gnädigen Worten meines Wohlwollens, indem ich ihr sagte, ich zürne ihr gar nicht, weil sie mir zuweilen die Stiefel so schlecht geputzt habe. Das sind doch einfache Leute: man kann zu ihnen nicht von höheren Gegenständen sprechen. Sie erschrak, weil sie überzeugt war, daß alle spanischen Könige Philipp II. gleichen. Ich machte ihr aber klar, daß zwischen mir und Philipp fast nicht die geringste Ähnlichkeit bestehe und daß ich keinen einzigen Kapuziner bei mir habe. Ins Departement ging ich heute nicht. Mag es der Teufel holen! Nein, Freunde, jetzt werdet ihr mich nicht mehr hinlocken: ich werde eure garstigen Akten nicht mehr abschreiben!

    den 86. Martember,
    zwischen Tag und Nacht

Heute kam unser Exekutor, um mir zu sagen, ich solle ins Departement kommen; ich sei seit mehr als drei Wochen nicht mehr in den Dienst gegangen.

Aber die Menschen sind ungerecht: sie rechnen nach Wochen. Das haben die Juden eingeführt, weil sich ihr Rabbiner um diese Zeit wäscht. Zum Spaß ging ich aber doch ins Departement. Der Abteilungsvorstand glaubte, ich werde mich vor ihm verbeugen und mich entschuldigen; ich sah ihn aber nur gleichgültig, nicht zu böse und auch nicht zu gnädig an und setzte mich auf meinen Platz, als bemerkte ich niemand. Ich betrachtete dieses ganze Kanzleigesindel und dachte mir: – Wenn ihr nur wüßtet, wer hier zwischen euch sitzt! ... – Du lieber Gott, was hätten sie für einen Lärm gemacht!

Auch der Abteilungsvorstand selbst würde sich vor mir so tief verbeugen, wie er sich jetzt vor dem Direktor verbeugt. Man legte einige Akten vor mich hin, damit ich ein Exzerpt aus ihnen mache. Ich berührte sie aber mit keinem Finger. Nach einigen Minuten gerieten alle in Unruhe. Es hieß, der Direktor komme. Viele Beamte liefen hinaus, um von ihm bemerkt zu werden, aber ich rührte mich nicht von der Stelle. Als er durch unsere Abteilung ging, knöpften alle ihre Fräcke zu; mir fiel es aber gar nicht ein! Was ist so ein Direktor? Soll ich mich etwa vor ihm erheben? Niemals! Was ist er für ein Direktor? Er ist nur ein Stöpsel, und kein Direktor. Ein ganz gewöhnlicher Stöpsel, einer, mit dem man die Flaschen zukorkt, und weiter nichts! Am meisten amüsierte es mich, als man mir ein Papier vorlegte, damit ich es unterschreibe. Sie glaubten, ich würde ganz unten am Rande des Bogens hinschreiben: Tischvorsteher Soundso – fiel mir gar nicht ein! Ich schrieb auf die sichtbarste Stelle, wo der Direktor des Departements seine Unterschrift zu setzen pflegt: »Ferdinand VIII.« Man muß gesehen haben, was für ein ehrfurchtsvolles Schweigen da eintrat; ich winkte aber nur mit der Hand, sagte: »Ich brauche keine Zeichen der Untertänigkeit!« und verließ das Zimmer. Aus der Kanzlei begab ich mich direkt in die Wohnung des Direktors. Er selbst war nicht zu Hause. Der Lakai wollte mich nicht einlassen, aber ich sagte ihm so etwas, daß er nur die Hände sinken ließ. Ich ging direkt ins Toilettenzimmer. Sie saß vor dem Spiegel; als sie mich sah, sprang sie auf und wich vor mir zurück. Ich erklärte ihr aber, daß ich der König von Spanien bin. Ich sagte ihr nur, daß ihr ein Glück bevorstehe, wie sie es sich gar nicht vorstellen könne, und daß wir trotz der Ränke der Feinde zusammenkommen werden. Ich wollte sonst nichts mehr sagen und ging hinaus. Oh, wie heimtückisch ist doch so ein Weib! Ich habe erst jetzt begriffen, was das Weib ist. Bisher hat noch niemand gewußt, in wen es verliebt ist; erst ich habe es entdeckt. Das Weib ist in den Teufel verliebt. Jawohl, ich meine es ganz ernst. Die Physiker schreiben dummes Zeug, wenn sie behaupten, sie sei dies und jenes; sie liebt aber nur den Teufel. Sehen Sie, wie sie aus der Loge im ersten Rang ihre Lorgnette auf jemand richtet. Sie glauben wohl, sie betrachte diesen dicken Herrn mit den Ordenssternen? Keine Spur: sie blickt auf den Teufel, der hinter dem Rücken des Dicken steht. Da hat er sich in seinen Frack versteckt. Da winkt er ihr von dort aus mit dem Finger! Und sie wird ihn heiraten, sie wird ihn ganz gewiß heiraten. Auch alle diese hohen Herrn, die Väter, die sich wie Aale winden und zum Hofe streben, welche sagen, sie seien Patrioten und dies und jenes; diese Patrioten wollen nur staatliche Ländereien in Pacht bekommen! Sie sind imstande, Vater und Mutter und selbst Gott zu verkaufen, diese ehrgeizigen Christus verkauf er! Es ist nichts als Ehrgeiz, und der Ehrgeiz kommt daher, weil sich unter der Zunge ein kleines Bläschen befindet und in diesem Bläschen ein kleines Würmchen, so groß wie ein Stecknadelkopf, sitzt; und dies alles macht ein gewisser Barbier, der in der Gorochowaja wohnt. Ich kann mich auf seinen Namen nicht besinnen; es ist aber als sicher bekannt, daß er in Gemeinschaft mit einer Hebamme den mohammedanischen Glauben über die ganze Welt verbreiten will; man sagt ja, daß sich in Frankreich schon der größte Teil der Bevölkerung zum Glauben Mohammeds bekennt.

Gar kein Datum
Der Tag hatte kein Datum

Ich ging heute auf dem Newskij-Prospekt spazieren. Seine Majestät der Kaiser fuhr vorbei. Alle Leute zogen die Mützen, und ich tat es auch; dabei ließ ich mir es jedoch nicht anmerken, daß ich der König von Spanien bin. Ich hielt es für unpassend, mich hier in Gegenwart aller erkennen zu geben, denn zuerst muß ich mich doch bei Hofe vorstellen. Mich hielt nur das eine zurück, daß ich bisher noch kein spanisches Nationalkostüm habe. Wenn ich doch wenigstens einen Königsmantel hätte. Ich hätte ihn mir von einem Schneider machen lassen, aber diese Schneider sind die reinen Esel; außerdem vernachlässigen sie ihr Handwerk, geben sich mit anderen Affären ab und pflastern zum größten Teil die Straßen.

Ich habe mich entschlossen, mir den Königsmantel aus meinem neuen Uniformfrack zu machen, den ich erst zweimal getragen habe. Damit diese Schurken ihn nicht verderben, beschloß ich, ihn mir selbst hinter verschlossenen Türen zu nähen, so daß es niemand sieht. Ich zerschnitt den ganzen Frack mit der Schere, denn der Schnitt muß ein ganz anderer sein.

Auf das Datum besinne ich mich nicht. Einen Monat gab es auch nicht. Weiß der Teufel, was es war.

Der Mantel ist vollkommen fertig. Als ich ihn mir umwarf, schrie Mawra auf. Aber ich kann mich noch nicht entschließen, mich bei Hofe vorzustellen, die Deputation aus Spanien ist noch immer nicht da. Ohne die Deputierten geht es nicht: so wird mir jedes Gewicht meiner Würde fehlen. Ich erwarte sie von Stunde zu Stunde.

den 1.
Ich wundere mich über die Saumseligkeit der Deputierten. Was für Gründe mögen sie aufgehalten haben? Vielleicht Frankreich? Ja, Frankreich ist wohl die mißgünstigste Macht. Ich ging auf die Post und erkundigte mich, ob die spanischen Deputierten eingetroffen seien; der Postmeister ist aber furchtbar dumm, er weiß von nichts. »Nein«, sagte er, »es gibt hier keine spanischen Deputierten, wenn Sie aber einen Brief schreiben wollen, so nehmen wir ihn nach dem festgesetzten Tarif an.« Hol's der Teufel, was brauche ich einen Brief? Ein Brief ist Unsinn. Briefe schreiben nur die Apotheker, und auch das nur, nachdem sie sich die Zunge mit Essig befeuchtet haben: sonst könnte man leicht Flechten auf dem ganzen Gesicht kriegen.

Madrid, den 30. Februarius
So bin ich nun in Spanien, und es geschah so schnell, daß ich kaum Zeit hatte, zu mir zu kommen. Heute früh erschienen bei mir die spanischen Deputierten, und ich stieg mit ihnen in die Equipage. Die ungewöhnliche Schnelligkeit kam mir befremdend vor. Wir fuhren so schnell, daß wir schon nach einer halben Stunde die Grenze Spaniens erreichten. Übrigens gibt es jetzt in ganz Europa Eisenbahnen, und auch die Dampfer fahren sehr schnell. Ein sonderbares Land dieses Spanien! Als wir ins erste Zimmer traten, erblickte ich eine Menge Menschen mit rasierten Schädeln. Ich erriet jedoch gleich, daß das Granden oder Soldaten sein müssen, weil diese sich die Köpfe rasieren. Sehr merkwürdig kam mir das Benehmen des Reichskanzlers vor, der mich an der Hand hereinführte; er stieß mich in ein kleines Zimmer und sagte: »Sitz hier, und wenn du dich König Ferdinand nennen wirst, so werde ich dir jede Lust dazu austreiben.« Ich wußte aber, daß es nur eine Versuchung war, und antwortete ihm verneinend, worauf mich der Kanzler zweimal mit dem Stock auf den Rücken schlug, und zwar so schmerzhaft, daß ich

beinahe aufgeschrieen hätte; ich beherrschte mich aber, da ich mich erinnerte, daß es ein Ritterbrauch ist, jeden, der ein hohes Amt antritt, zu schlagen; in Spanien werden nämlich die Rittersitten auch heute noch beobachtet. Als ich allein geblieben war, beschloß ich, mich den Staatsgeschäften zu widmen. Ich machte die Entdeckung, daß China und Spanien das gleiche Land sind und nur aus Unbildung für verschiedene Länder gehalten werden. Ich empfehle einem jeden, das Wort Spanien auf ein Blatt Papier zu schreiben; es wird nämlich China daraus werden. Mich betrübte aber außerordentlich ein Ereignis, das morgen stattfinden soll. Morgen um sieben Uhr wird sich etwas sehr Merkwürdiges ereignen: die Erde wird sich auf den Mond setzen. Auch der berühmte englische Chemiker Wellington schreibt darüber. Offen gestanden, empfand ich eine Unruhe im Herzen, als ich an die außerordentliche Zartheit und Zerbrechlichkeit des Mondes dachte. Der Mond wird ja gewöhnlich in Hamburg gemacht, und zwar sehr schlecht. Ich wundere mich, daß England nicht darauf aufmerksam geworden ist. Ein lahmer Böttcher hat ihn hergestellt, und der dumme Kerl hat offenbar keine Ahnung vom Monde gehabt. Er nahm dazu ein geteertes Seil und einen Teil Baumöl; darum verbreitet sich über die Erde ein solcher Gestank, daß man sich die Nase zuhalten muß. Darum ist auch der Mond selbst eine so zarte Kugel, daß die Menschen auf ihm unmöglich leben können; es leben dort nur die Nasen allein. Darum können wir auch unsere Nasen nicht sehen, weil sie sich alle auf dem Monde befinden. Und als ich mir dachte, daß die Erde eine schwere Materie ist und, wenn sie sich auf den Mond setzt, alle unsere Nasen zu Mehl zermalmen kann, bemächtigte sich meiner eine solche Unruhe, daß ich Strümpfe und Schuhe anzog und in den Saal des Reichsrats eilte, um der Polizei den Befehl zu geben, es nicht zuzulassen, daß die Erde sich auf den Mond setze. Die rasierten Granden, von denen ich im Saale des Reichsrates eine große Menge traf, waren sehr kluge Menschen; als ich ihnen sagte: »Meine Herren, retten wir doch den Mond, denn die Erde will sich auf ihn setzen!« – so eilten alle augenblicklich, meinen königlichen Wunsch auszuführen, und viele kletterten die Wand hinauf, um den Mond herunterzuholen; in diesem Augenblick trat aber der Reichskanzler herein. Als sie ihn sahen, liefen alle davon. Ich blieb als König allein zurück. Der Kanzler schlug mich aber zu meinem Erstaunen mit dem Stock und jagte mich in mein Zimmer. Eine solche Macht haben in Spanien die Volkssitten!

Januar desselben Jahres, der auf den Februarius folgt

Ich kann noch immer nicht verstehen, was für ein Land dieses Spanien ist. Die Volkssitten und die Hofetikette sind hier ganz ungewöhnlich. Ich verstehe nichts, ich verstehe nichts, ich verstehe gar nichts. Heute hat man mir den Schädel rasiert, obwohl ich, so laut ich konnte, schrie, ich wolle kein Mönch werden.

Aber ich kann mich nicht mehr erinnern, was mit mir geschah, als man anfing, mir kaltes Wasser auf den Kopf zu gießen. Solche Höllenqualen habe ich noch nie empfunden. Ich war nahe daran, rasend zu werden, so daß man mich nur mit Mühe festhalten konnte. Ich kann die Bedeutung dieser sonderbaren Sitte nicht begreifen. Eine dumme, unsinnige Sitte! Mir ist die Unvernunft der Könige, die sie bisher noch nicht abgeschafft haben, unverständlich. Ich glaube, daß ich allem Anscheine nach in die Hände der Inquisition gefallen bin und daß der Mann, den ich für den Kanzler gehalten, der Großinquisitor selbst ist. Aber ich kann noch immer nicht verstehen, wie der König der Inquisition verfallen konnte. Allerdings kann hier Frankreich die Hand im Spiele haben, und insbesondere Polignac. Was für eine Bestie ist doch dieser Polignac! Er hat geschworen, mir bis an mein Lebensende zu schaden. Und so verfolgt er mich unaufhörlich; aber ich weiß, Freund, daß dich England anstiftet. Die Engländer sind große Politiker. Sie haben überall ihre Hand im Spiele. Das weiß die ganze Welt: wenn England Tabak schnupft, so muß Frankreich niesen.

Den 25.
Heute kam der Großinquisitor wieder in mein Zimmer, aber als ich seine Schritte in der Ferne vernahm, verkroch ich mich unter einen Stuhl. Als er mich nicht im Zimmer sah, fing

er an, mich laut zu rufen. Erst schrie er: »Poprischtschin!« – Ich gab keinen Ton von mir. Dann »Aksentij Iwanowitsch! Titularrat! Edelmann!« – Ich schwieg noch immer. – »Ferdinand VIII., König von Spanien!« – Ich wollte schon den Kopf hinausstecken, sagte mir aber: – Nein, Bruder, du führst mich nicht an! Ich kenne dich: du wirst mir wieder kaltes Wasser auf den Kopf gießen. – Aber er entdeckte mich und jagte mich mit dem Stock unter dem Stuhle hervor. Dieser verdammte Stock tut furchtbar weh. Dafür hat mich jedoch die Entdeckung, die ich heute machte, entlohnt: ich erfuhr, daß jeder Hahn sein Spanien hat, es befindet sich in seinem Gefieder, in der Nähe des Schwanzes. Der Großinquisitor verließ mich aber erbost und mir irgendeine Strafe androhend. Ich achte aber nicht auf seine ohnmächtige Wut, denn ich weiß, daß er nur wie eine Maschine, als ein Werkzeug Englands handelt.

Da 34tum Mon. Ihra Februar 349

Nein, ich kann es nicht länger ertragen. Gott, was machen sie mit mir! Sie gießen mir kaltes Wasser auf den Kopf! Sie sehen nicht auf mich, sie hören nicht auf mich. Was habe ich ihnen getan? Warum quälen sie mich so? Was wollen sie von mir Armem? Was kann ich ihnen geben? Ich habe nichts. Ich habe keine Kraft, ich kann alle diese Qualen nicht ertragen, mein Kopf brennt, und alles wirbelt vor meinen Augen. Rettet mich! Nehmt mich von hier fort! Gebt mir ein Dreigespann, so schnell wie der Wind! Steig ein, Kutscher, klinge, mein Glöckchen, schwingt euch auf, Pferde, und tragt mich aus dieser Welt fort! Weiter, immer weiter, daß ich nichts mehr sehe. Da ballt sich der Himmel vor mir zu Wolken; ein Sternchen funkelt in der Ferne; der Wald mit den dunklen Bäumen und dem Monde jagt an mir vorbei; blaugrauer Nebel breitet sich zu meinen Füßen aus; eine Saite klingt im Nebel; auf der einen Seite liegt das Meer, auf der anderen Italien; da lassen sich auch russische Bauernhäuser erkennen. Ist es nicht mein Haus, das dort in der blauen Ferne sichtbar wird? Sitzt nicht meine Mutter am Fenster? Mütterchen, rette deinen armen Sohn! Lasse eine Träne auf seinen kranken Kopf fallen! Schau, wie sie ihn quälen! Drücke diesen Armen, Verlassenen an deine Brust! Es ist kein Platz für ihn auf dieser Welt! Man hetzt ihn herum! Mütterchen, erbarme dich deines kranken Kindes!... Wißt ihr übrigens, daß der Bei von Algier eine Beule unter der Nase hat?...

Das Porträt

Nirgends blieben so viele Menschen stehen wie vor dem kleinen Bilderladen im Schtschukinschen Kaufhause. Dieser Laden stellte in der Tat die bunteste Ansammlung von wunderlichen
Dingen dar; die Bilder waren zum größten Teil mit Ölfarben gemalt, mit einem dunkelgrünen
Lack überzogen und steckten in dunkelgelben Rahmen aus unechtem Gold. Eine Winterland-
schaft mit weißen Bäumen, ein knallroter Abend, der wie eine Feuersbrunst aussieht, ein flämi-
scher Bauer mit einer Pfeife im Munde und einem gebrochenen Arm, mehr einem Truthahn
in Manschetten als einem Menschen ähnlich, – das ist der Inhalt der meisten Bilder. Zu erwäh-
nen sind noch einige Porträtstiche: das Bildnis des Chosrew-Mirza in einer Lammfellmütze,
die Bildnisse irgendwelcher Generäle mit schiefen Nasen in Dreimastern ... Außerdem ist die
Eingangstüre eines solchen Ladens gewöhnlich mit bunten volkstümlichen Holzschnitten auf
großen Bogen behängt, die von der angeborenen Begabung des Russen zeugen. Eines dieser
Bilder stellt die Prinzessin Miliktrissa Kirbitjewna dar, ein anderes die Stadt Jerusalem, über
deren Häuser und Kirchen man ganz ungeniert mit roter Farbe gefahren ist, welche auch einen
Teil der Erde und zwei betende russische Bauern in Fausthandschuhen mitgenommen hat.

Für alle diese Kunstwerke gibt es nur wenige Käufer, dafür eine Menge Zuschauer. Irgendein Nichtstuer von einem Lakaien steht vor ihnen mit der Wirtshausmenage in der Hand da
und läßt seinen Herrn warten, der die Suppe sicher in einem nicht zu heißen Zustande löf-
feln müssen wird. Vor ihm steht ebenso sicher ein Soldat in einem Mantel, dieser Kavalier des
Trödelmarktes, der zwei Federmesser zu verkaufen hat; auch eine Händlerin aus der Ochta-Vor-
stadt mit einer Schachtel voller Schuhe ist dabei. Ein jeder ist auf seine Art entzückt; die Bauern
tippen gewöhnlich mit den Fingern auf die Bilder; die Kavaliere betrachten sie mit ernster Miene; die jungen Lakaien und die Lehrlinge lachen und necken einander mit den dargestellten
Karikaturen; die alten Lakaien in den Friesmänteln sehen sich die Bilder nur darum an, weil
sie doch irgendwie die Zeit totschlagen müssen; aber die Händlerinnen, die jungen russischen
Weiber, eilen rein aus Instinkt her, um sich anzuhören, was sich das Volk erzählt, und um sich
anzuschauen, was sich das Volk anschaut.

Um diese Zeit blieb vor dem Laden der zufällig vorbeigehende junge Maler Tschartkow unwillkürlich stehen. Der alte Mantel und der gar nicht elegante Anzug ließen auf einen Menschen
schließen, der sich mit Selbstaufopferung seiner Kunst ergeben hat und dem es an Zeit fehlt,
um sich um seine Toilette zu kümmern, die doch sonst für die Jugend einen geheimnisvollen
Zauber hat. Er blieb vor dem Laden stehen und lachte erst innerlich über die häßlichen Bilder.
Schließlich bemächtigte sich seiner eine unwillkürliche Nachdenklichkeit: er fragte sich, wer
alle diese Kunstwerke brauche. Daß das russische Volk alle diese Prinzen Jeruslan Lasarewitschs,
die »Fresser« und »Säufer«, die »Fomas« und »Jeremas« bewunderte, erschien ihm gar nicht son-
derbar: die dargestellten Gegenstände waren dem Volke zugänglich und verständlich: wo blieben
aber die Käufer für die bunten, schmutzigen Ölbilder? Wer brauchte diese flämischen Bauern,
diese roten und blauen Landschaften, die einigen Anspruch auf eine höhere Stufe der Kunst
erheben, die aber nur die tiefste Erniedrigung der Kunst spiegeln? Sie schienen durchaus nicht
die Arbeiten eines kindlichen Autodidakten zu sein; sonst wäre in ihnen trotz der gefühllosen
Karikiertheit des Ganzen ein starker innerer Drang zum Ausdruck gekommen. Aber man sah an
ihnen nichts als Stumpfsinn und kraftlose, altersschwache Talentlosigkeit, die sich eigenmächtig
neben die wahre Kunst gestellt hat, während ihr nur ein Platz unter den niedrigen Handwerken
zukommt; eine Talentlosigkeit, die aber ihrem Berufe treu geblieben ist und in die Kunst selbst
das Handwerksmäßige hineingebracht hat. Die gleichen Farben, die gleiche Manier, die gleiche
gewohnte Hand, die eher einem roh gebauten Automaten als einem Menschen anzugehören
scheint! ...

Lange stand er vor diesen schmierigen Bildern, an die er zuletzt gar nicht mehr dachte, während der Besitzer des Ladens, ein farbloses Männchen in einem Friesmantel, mit einem seit
dem letzten Sonntag nicht mehr rasierten Kinn, auf ihn seit geraumer Zeit einredete, mit ihm
feilschte und den Preis ausmachte, ohne sich erst erkundigt zu haben, was ihm gefiel und was er

brauchte. »Für diese Bäuerlein und für die kleine Landschaft verlange ich einen Fünfundzwanziger. Diese Malerei! Die blendet einfach den Blick! Die Bilder kommen direkt vom Markt, der Lack ist noch nicht trocken. Oder dieser Winter hier, nehmen Sie doch den Winter! Fünfzehn Rubel! Was der Rahmen allein schon wert ist! Ist das ein prachtvoller Winter!« Der Händler schnellte mit den Fingern gegen die Leinwand, als wollte er auf diese Weise die Güte des Winters zeigen. »Befehlen Sie, daß ich die Bilder zusammenbinde und Ihnen nachschicke? Wo geruhen Sie zu wohnen?

»Wart einmal, Bruder, nicht so schnell«, sagte der Maler, gleichsam zu sich kommend, als er sah, daß der flinke Händler die Bilder in allem Ernst zusammenband. Er genierte sich ein wenig, nichts zu kaufen, nachdem er so lange im Laden gestanden hatte; darum sagte er: »Wart einmal, ich will nachsehen, ob sich nicht hier etwas für mich findet!« Er bückte sich und fing an, die auf dem Boden aufgehäuften abgeriebenen und verstaubten alten Bilder aufzuheben, die hier offenbar nicht den geringsten Respekt genossen. Es waren alte Familienporträts von Menschen, deren Nachkommen sich wohl auf der ganzen Welt nicht mehr finden ließen; völlig unkenntliche Darstellungen auf zerrissener Leinwand; Rahmen, von denen die Vergoldung abgefallen war; mit einem Worte allerlei altes Gerümpel. Aber der Maler sah sich die Sachen dennoch an, indem er sich heimlich dachte: – Vielleicht läßt sich hier doch etwas finden. – Er hatte mehr als einmal gehört, wie man bei solchen kleinen Händlern zuweilen Bilder großer Meister entdeckte.

Als der Ladenbesitzer sah, für welche Dinge der Kunde sich interessierte, nahm er wieder seine gewöhnliche Haltung an, stellte sich würdevoll vor die Ladentür und begann die Vorübergehenden in sein Geschäft zu locken, indem er mit der einen Hand ins Innere des Ladens wies: »Hierher, Väterchen! Hier sind Bilder! Treten Sie nur ein! Sind soeben vom Markte gekommen.« Er hatte sich schon fast heiser geschrien, zum größten Teil fruchtlos; er hatte sich auch zur Genüge mit dem gegenüber vor der Tür seines Ladens stehenden Lumpenhändler unterhalten, als er sich plötzlich erinnerte, daß er in seinem Laden noch einen Kunden hatte; nun wandte er dem Publikum den Rücken zu und begab sich ins Innere des Ladens. »Nun, Väterchen, haben Sie sich schon etwas ausgesucht?« Der Maler stand aber schon seit geraumer Zeit unbeweglich vor einem Bildnis in einem mächtigen, einst wohl prunkvollen Rahmen, auf dem hier und da noch Reste der Vergoldung glänzten.

Das Porträt stellte einen alten Mann mit bronzefarbenem, welkem, breitknochigem Gesicht dar; die Gesichtszüge schienen im Augenblick einer krampfartigen Bewegung erfaßt zu sein und zeugten von einem gar nicht nordischen Temperament: der glühende Süden spiegelte sich in ihnen. Der Alte war in ein weites asiatisches Gewand gehüllt. Wie beschädigt und verstaubt das Porträt auch war, sobald er das Gesicht vom Staube gereinigt hatte, erkannte Tschartkow die Spuren der Arbeit eines großen Künstlers. Das Porträt schien unvollendet; die Kraft des Pinselstriches war aber erstaunlich. Am ungewöhnlichsten waren die Augen; der Künstler schien auf sie die ganze Kraft seines Pinsels und seine ganze Sorgfalt verwendet zu haben. Die Augen sahen einen buchstäblich an, sie schauten sogar aus dem Bild selbst heraus und durchbrachen durch ihre ungewöhnliche Lebendigkeit die Harmonie des ganzen Bildes. Als er das Porträt zu der Tür brachte, sahen die Augen noch durchdringender. Fast den gleichen Eindruck machten sie auf das draußen stehende Volk. Eine Frau, die hinter ihm stehengeblieben war, rief: »Er schaut, er schaut!« und wich zurück. Auch Tschartkow selbst empfand ein unangenehmes, ihm selbst unverständliches Gefühl und stellte das Bild auf den Boden.

»Nun, nehmen Sie doch das Porträt!« sagte der Händler.

»Was soll es kosten?« fragte der junge Künstler.

»Was soll ich dafür viel verlangen? Geben Sie mir drei Viertelrubel dafür!«

»Nein.«

»Was geben Sie denn?«

»Zwanzig Kopeken«, sagte der Künstler und schickte sich zum Gehen an.

»Was Sie mir für einen Preis bieten! Für zwanzig Kopeken werden Sie nicht einmal den Rahmen bekommen! Sie haben wohl die Absicht, es morgen zu kaufen? Herr, Herr, kommen Sie zurück! Schlagen Sie wenigstens zehn Kopeken auf. Nun, nehmen Sie es, nehmen Sie es, geben

Sie die zwanzig Kopeken her. Ich gebe es, nur um den Anfang zu machen, nur weil Sie heute der erste Käufer sind.« Darauf machte er eine Handbewegung, die zu sagen schien: »Fort mit Schaden!«

So hatte Tschartkow ganz unerwartet das alte Porträt gekauft; dabei dachte er sich: – Wozu habe ich es gekauft? Was brauche ich es? – Es war aber nichts mehr zu machen. Er holte aus der Tasche ein Zwanzigkopekenstück, gab es dem Händler, nahm das Porträt unter den Arm und schleppte es mit sich fort. Unterwegs erinnerte er sich, daß das Zwanzigkopekenstück, das er hergegeben hatte, sein letztes war. Seine Gedanken verdüsterten sich plötzlich. »Hol's der Teufel! Ekelhaft ist es auf dieser Welt!« sagte er sich mit dem Gefühl eines Russen, dem es schlecht geht. Und er eilte fast mechanisch mit schnellen Schritten, gleichgültig gegen alles auf der Welt. Der halbe Himmel war noch vom roten Licht des Abendrots umfangen, die nach Westen schauenden Häuser waren noch schwach von seinem warmen Licht übergossen, aber das kalte, bläuliche Licht des Mondes schien immer greller. Halb durchsichtige leichte Schatten, die von den Häusern und den Menschenbeinen geworfen wurden, legten sich als Schweife auf den Boden. Der Maler fing schon an, den Himmel zu bewundern, der von einem eigentümlichen, durchsichtigen, feinen, ungewissen Licht übergossen war, und seinen Lippen entfuhren fast gleichzeitig die Worte: »Was für ein zarter Ton!« und »Es ist ärgerlich, hol's der Teufel!« Er rückte das Bild, das unter seinem Arm rutschte, zurecht und beschleunigte die Schritte.

Müde und schweißbedeckt erreichte er seine Behausung in der fünfzehnten Linie der Wassiljewskij-Insel. Mit Mühe und schwer atmend stieg er die mit Schmutzwasser übergossene und mit Spuren von Hunden und Katzen gezierte Treppe hinauf. Auf sein Klopfen bekam er keine Antwort: sein Diener war nicht zu Hause. Er lehnte sich ans Fenster und wartete geduldig, bis hinter ihm endlich die Schritte seines Burschen in blauem Hemd ertönten – seines Dieners, Modells, Farbenreibers und Bodenkehrers, der übrigens die Böden gleich nach dem Kehren mit seinen Stiefeln wieder beschmutzte. Der Bursche hieß Nikita und pflegte die ganze Zeit, wo sein Herr nicht zu Hause war, vor dem Tore zu verbringen. Nikita gab sich lange Zeit Mühe, mit dem Schlüssel ins Schlüsselloch zu geraten, das infolge der Dunkelheit unsichtbar war. Endlich war die Tür aufgemacht. Tschartkow trat in sein Vorzimmer, in dem es unerträglich kalt war, wie es bei allen Malern zu sein pflegt, was sie übrigens nicht merken. Ohne Nikita seinen Mantel zu geben, trat er in sein Atelier, ein quadratisches, großes, doch niederes Zimmer mit zugefrorenen Fensterscheiben, das mit allerlei künstlerischem Gerümpel angefüllt war: Stücken von Gipsarmen, mit Leinwand bespannten Rahmen, angefangenen und aufgegebenen Skizzen und einer über die Stühle geworfenen Draperie. Er war sehr müde; er legte den Mantel ab, stellte das mitgebrachte Porträt zwischen zwei kleine Bilder und warf sich auf das schmale Sofa, von dem man nicht sagen konnte, daß es mit Leder bezogen wäre; die Reihe der Messingnägel, die einst das Leder festgehalten hatten, prangten schon längst ganz für sich, während das Leder gleichfalls ganz für sich blieb, so daß Nikita darunter die schmutzigen Strümpfe, Hemden und die ganze schmutzige Wäsche zu verwahren pflegte. Nachdem Tschartkow eine Weile gesessen und gelegen hatte, soweit es das schmale Sofa überhaupt erlaubte, verlangte er schließlich nach einer Kerze.

»Es ist keine Kerze da«, sagte Nikita.

»Wieso ist keine da?«

»Es war auch gestern keine da«, sagte Nikita. Der Maler erinnerte sich, daß es gestern tatsächlich keine Kerze gegeben hatte; er beruhigte sich und verstummte. Dann ließ er sich entkleiden und zog seinen stark abgetragenen Schlafrock an.

»Ja, noch etwas, der Hausherr ist dagewesen«, sagte Nikita.

»So, er wollte wohl das Geld holen? Ich weiß es«, entgegnete der Maler und winkte wegwerfend mit der Hand.

»Er ist aber nicht allein dagewesen«, sagte Nikita.

»Mit wem denn?«

»Ich weiß nicht, mit wem ... Mit irgendeinem Revieraufseher.«

»Was wollte denn der Revieraufseher?«

»Ich weiß nicht, was er wollte; er sagte, die Miete sei noch immer nicht bezahlt.«

»Was soll denn daraus werden?«

»Ich weiß nicht, was daraus werden soll; er sagte: ›Wenn er nicht zahlen will, so soll er ausziehen.‹ Sie wollten beide morgen wiederkommen.« »Sollen sie nur kommen«, sagte Tschartkow mit trauriger Gleichgültigkeit, und die trübe Stimmung bemächtigte sich seiner nun gänzlich.

Der junge Tschartkow war ein Maler mit einem Talent, das viel versprach: sein Pinsel zeigte zuweilen blitzartig eine feine Beobachtungsgabe, Intelligenz und einen starken Drang, der Natur nahezukommen. »Paß auf, Bruder«, hatte ihm sein Professor mehr als einmal gesagt: »Du hast Talent, und es wäre Sünde, wenn du es zugrunde richtetest; dir fehlt aber Geduld; wenn dich etwas anzieht, wenn dir irgend etwas gefällt, so bist du davon ganz hingerissen, und alles andere ist für dich Mist, alles andere ist dir nichts wert, und du willst es nicht mehr anschauen. Paß auf, daß aus dir kein modischer Maler wird: deine Farben sind schon jetzt schreiend, deine Zeichnung ist nicht streng genug und zuweilen sogar ganz schwach, die Linie ist nicht zu sehen; du jagst der neumodischen Beleuchtung nach, Effekten, die zu allererst in die Augen springen, – paß auf, daß du nicht in die englische Manier verfällst. Nimm dich in acht: die große Welt zieht dich schon jetzt an; ich sehe dich oft ein elegantes Halstuch tragen oder auch einen glänzenden Hut... Es ist allerdings verlockend, man kann sich leicht herablassen, modische Bildchen und Porträts des Geldes wegen zu malen; dabei geht aber das Talent zugrunde, statt sich zu entfalten. Habe Geduld! Überlege dir jede Arbeit; gib die Eleganz auf, – sollen nur die andern Geld verdienen, deine Zukunft wird dir nicht entgehen!«

Der Professor hatte zum Teil recht. Unser Maler spürte zuweilen wirklich das Verlangen, ein wenig über die Schnur zu hauen und elegant aufzutreten, mit einem Worte hie und da seine Jugend zu zeigen; dabei hatte er sich aber doch in seiner Gewalt. Zuweilen war er imstande, wenn er einmal den Pinsel ergriffen, alles übrige zu vergessen und sich von der Arbeit nicht anders als von einem schönen, unterbrochenen Traum loszureißen. Sein Geschmack entwickelte sich zusehends. Er hatte noch kein Verständnis für die ganze Tiefe eines Raffael, begeisterte sich aber schon für den schnellen, breiten Pinselstrich eines Guido Reni, blieb zuweilen vor den Bildnissen Tizians stehen und bewunderte die Flamen. Das Dunkel, das die alten Bilder hüllt, hatte sich vor ihm noch nicht ganz gelichtet; aber er ahnte schon etwas in diesen Bildern, obwohl er innerlich seinem Professor nicht zustimmen konnte, daß die alten Meister so unerreichbar hoch über uns stünden: er glaubte sogar, das neunzehnte Jahrhundert hätte sie in manchen Dingen erheblich überholt; die Nachahmung der Natur sei in der letzten Zeit farbiger, lebhafter und getreuer geworden; mit einem Worte, er urteilte so, wie die Jugend zu urteilen pflegt, die schon etwas erfaßt hat und sich dessen mit Stolz bewußt ist. Zuweilen ärgerte er sich, wenn er sah, wie irgendein zugereister Maler, ein Franzose oder Deutscher, der manchmal sogar kein Künstler aus innerem Berufe war, nur durch seine flotte Manier, die geschickte Pinselführung und die Leuchtkraft der Farben allgemeines Aufsehen erregte und in einem Augenblick ein ganzes Vermögen verdiente. Solche Gedanken kamen ihm aber in den Sinn, nicht wenn er ganz von seiner Arbeit hingerissen, Speise und Trank und die ganze Welt vergaß, sondern wenn an ihn die Not herantrat, wenn er kein Geld hatte, um sich Pinsel und Farben zu kaufen, und wenn der zudringliche Hausherr zehnmal am Tage kam, um das Geld für die Wohnung zu mahnen. In solchen Augenblicken beschäftigte sich seine hungrige Phantasie mit dem beneidenswerten Los eines reichen Malers; dann kam ihm sogar der Gedanke, der so oft einen russischen Kopf zu durchzucken pflegt: alles aufzugeben und sich vor Kummer allem zum Trotz ganz dem Trunke zu ergeben.

»Ja, habe Geduld, habe Geduld!« sagte er geärgert. »Auch die Geduld hat einmal ein Ende. Habe Geduld! Womit soll ich aber morgen mein Essen bezahlen? Niemand wird mir doch etwas borgen. Und wenn ich meine Bilder und Zeichnungen verkaufe, so wird man mir für alles zwanzig Kopeken geben. Allerdings habe ich von allen diesen Arbeiten einen Nutzen gehabt: eine jede von ihnen ist nicht umsonst unternommen worden, bei jeder habe ich doch auch etwas gelernt. Aber was habe ich davon? Es sind nur Studien und Versuche, und es werden immer nur Studien und Versuche bleiben und kein Ende nehmen. Wer wird sie kaufen, solange mein

Name unbekannt ist? Wer braucht auch die Zeichnungen nach der Antike, die Aktstudien, oder meine unvollendete liebe ›Psyche‹, oder die perspektivische Ansicht meines Zimmers, oder das Porträt meines Nikita, obwohl es unvergleichlich besser ist als die Porträts irgendeines modischen Malers? Was denke ich mir noch? Warum quäle ich mich und mühe mich wie ein Schüler mit dem Abc ab, während ich wohl imstande bin, mich wie mancher andere hervorzutun und Geld zu verdienen?«

Als der Maler diese Worte gesprochen, mußte er plötzlich erzittern und erbleichen: ihn starrte hinter einem der Bilderrahmen ein krampfhaft verzerrtes Gesicht an: zwei schreckliche Augen bohrten sich in ihn, als wollten sie ihn auffressen; auf dem Munde stand der schreckliche Befehl geschrieben, zu schweigen. Er wollte vor Entsetzen aufschreien und Nikita rufen, der im Vorzimmer bereits ein lautes Schnarchen ertönen ließ, hielt aber plötzlich inne und fing an zu lachen: die Angst war im Nu gewichen; es war das neuangeschaffte Porträt, das er inzwischen schon vergessen hatte. Das Mondlicht, das das Zimmer füllte, fiel auf das Bild und verlieh ihm eine seltsame Lebendigkeit. Er fing an, das Bild zu betrachten und zu reinigen. Er tauchte einen Schwamm ins Wasser, fuhr damit einigemal über die Leinwand, wusch damit den Staub und den Schmutz ab, die sich auf dem Bilde festgesetzt hatten, hängte es vor sich an die Wand und mußte sich noch mehr über die ungewöhnliche Arbeit wundern: das ganze Gesicht war fast lebendig, und die Augen blickten ihn so durchdringend an, daß er zuletzt zusammenfuhr, zurückwich und erstaunt ausrief: »Er schaut, er schaut mit Menschenaugen!« Plötzlich fiel ihm eine Geschichte ein, die er einmal vor langer Zeit von seinem Professor gehört hatte, die Geschichte von einem Porträt des berühmten Lionardo da Vinci, an dem der große Meister mehrere Jahre gearbeitet hatte und das er immer noch für unvollendet hielt, während es die andern, nach dem Berichte Vasaris, für das vollkommenste und vollendetste hielten. Am vollendetsten waren darin die Augen, über die die Zeitgenossen staunten: selbst die allerkleinsten, kaum sichtbaren Äderchen waren nicht vernachlässigt und auf die Leinwand gebannt. Aber in diesem Porträt, das jetzt vor ihm stand, war etwas Ungewöhnliches. Das war schon keine Kunst mehr, das zerstörte sogar die Harmonie des Bildes selbst; es waren lebendige, es waren menschliche Augen! Sie schienen aus dem Gesicht eines lebendigen Menschen herausgeschnitten und in das Bild eingesetzt zu sein. Hier fehlte jener hohe Genuß, der die Seele beim Anblick eines wahren Kunstwerkes erfaßt, wie schrecklich auch der dargestellte Gegenstand sein mag; hier empfand man ein krankhaftes, peinigendes Gefühl. – Was ist das? – fragte sich unwillkürlich der Künstler: – Es ist immerhin die Natur, die lebendige Natur; woher kommt dann dieses sonderbare, unangenehme Gefühl? Oder ist die sklavische, genaue Nachahmung der Natur schon ein Vergehen und erscheint als ein gellender, unharmonischer Aufschrei? Oder wirkt der Gegenstand, wenn man ihn ohne Teilnahme und Sympathie, ganz gefühllos erfaßt, immer nur als eine erschreckende Wirklichkeit, ohne von der unfaßbaren Idee, die allen Dingen innewohnt, durchleuchtet zu sein, wirkt als jene Wirklichkeit, die man vor sich hat, wenn man, um einen schönen Menschen zu erfassen, nach dem Messer des Anatomen greift, sein Inneres bloßlegt und einen abstoßenden Menschen erblickt? Warum erscheint die einfache, gemeine Natur bei dem einen Maler so erleuchtet, daß man durchaus keinen gemeinen Eindruck hat; im Gegenteil, man glaubt sogar einen Genuß zu haben und nachher alle Dinge um sich ruhiger und gleichmäßiger dahinfließen zu sehen? Und warum erscheint die gleiche Natur bei einem anderen Maler so gemein und schmutzig, obwohl er ihr ebenso treu ist wie der andere? Aber nein, nein, nein, es ist nichts Erleuchtendes in ihr. Es ist ganz wie eine Landschaft in der Natur: sie mag noch so großartig sein, aber es fehlt ihr immer etwas, wenn keine Sonne am Himmel steht. –

Er ging wieder auf das Porträt zu, um diese wunderlichen Augen näher zu betrachten, und merkte mit Schrecken, daß sie ihn wirklich ansahen. Es war keine Kopie der Natur mehr; es war jene seltsame Lebendigkeit, von der das Gesicht eines aus dem Grabe auferstandenen Toten erfüllt sein mag. War es das Mondlicht, das Träume mit sich bringt und alles in eine andere Gestalt kleidet, die den Gestalten des positiven Tages entgegengesetzt ist, oder hatte es einen anderen Grund, – jedenfalls war es ihm plötzlich, er wußte selbst nicht warum, schrecklich, allein im Zimmer zu sitzen. Er trat still vom Porträt weg, wandte sich um und bemühte sich, es nicht mehr anzusehen, aber seine Augen schielten immer wieder unwillkürlich hin. Zuletzt war es ihm sogar unheimlich, im Zimmer auf und ab zu gehen: es schien ihm, daß gleich jemand anders anfangen würde, hinter ihm auf und ab zu gehen, und er sah sich jedesmal ängstlich um. Er war niemals feige gewesen; aber seine Phantasie und seine Nerven waren sehr empfindlich, und an diesem Abend hätte er sich auch selbst seine unwillkürliche Angst nicht erklären können. Er setzte sich in einen Winkel, aber auch hier war es ihm, als würde ihm gleich jemand über seine Schulter ins Gesicht blicken. Selbst das Schnarchen Nikitas, das aus dem Vorzimmer herüberklang, vermochte seine Angst nicht zu verscheuchen. Schließlich erhob er sich ängstlich, ohne die Augen zu heben, von seinem Platz, ging hinter den Bettschirm und legte sich aufs Bett. Durch die Ritzen im Bettschirm sah er sein vom Mondlicht erleuchtetes Zimmer und das direkt vor ihm hängende Porträt. Die Augen bohrten sich noch schrecklicher, noch bedeutungsvoller in ihn und schienen nur ihn allein anschauen zu wollen. Von einem beklemmenden Gefühl erdrückt, entschloß er sich, vom Bett aufzustehen, ergriff ein Laken, ging auf das Porträt zu und hüllte es ganz ein.

Nachdem er dies getan, legte er sich etwas beruhigt ins Bett und begann über die Armut und das elende Los des Künstlers nachzudenken und über den dornenvollen Pfad, der ihm in diesem Leben bevorstand; indessen blickten aber seine Augen unwillkürlich durch die Ritze im Bettschirm auf das in das Laken gehüllte Porträt. Das Mondlicht ließ die Leinwand noch weißer erscheinen, und es schien ihm, als fingen die schrecklichen Augen an, durch das Laken hindurchzuleuchten. Entsetzt blickte er hin, als wolle er sich überzeugen, daß es nur Einbildung sei. Aber in der Tat…er sieht, er sieht es klar: das Laken ist nicht mehr da…das Porträt ist ganz aufgedeckt und schaut an allem vorbei direkt auf ihn, blickt in sein Inneres…Es wurde ihm kalt ums Herz. Und er sieht: der Alte rührt sich und stützt sich mit beiden Händen gegen den Rahmen, streckt beide Beine heraus und springt aus dem Bilde…Durch die Ritze im Bettschirm ist nur noch der leere Rahmen zu sehen. Im Zimmer tönen Schritte, die immer näher und näher an den Bettschirm kommen! Dem armen Maler klopft furchtbar das Herz. Mit vor Angst verhaltenem Atem erwartet er, daß der Alte gleich zu ihm hinter dem Bettschirm hereinblicken würde. Da blickt er auch schon wirklich hinter den Bettschirm, es ist das gleiche bronzefarbene Gesicht mit den großen Augen. Tschartkow versuchte aufzuschreien, fühlte aber, daß er keine Stimme hatte, er versuchte sich zu rühren, irgendeine Bewegung zu machen, aber seine Glieder wollten sich nicht regen. Mit offenem Munde und stockendem Atem blickte er auf das seltsame lange Phantom in dem weiten asiatischen Talar und wartete, was es wohl anfangen würde. Der Alte setzte sich fast zu seinen Füßen hin und holte dann etwas aus den Falten seines weiten Gewandes. Es war ein Sack. Der Greis band ihn auf, ergriff die beiden Zipfel und schüttelte ihn: mit dumpfem Klirren fielen schwere lange Rollen auf den Boden; eine jede war in blaues Papier gewickelt und mit der Inschrift »1000 Dukaten« versehen. Der Alte streckte seine langen knochigen Hände aus den weiten Ärmeln heraus und fing an, die Rollen aufzuwickeln. Das Gold blitzte auf. Wie groß auch die schwere Beklemmung und die bewußtlose Angst des Malers waren, richtete er doch seine Blicke auf das Gold und beobachtete regungslos, wie es von den knochigen Händen aufgewickelt wurde, wie es leuchtete, fein und dumpf klirrte und dann wieder ins Papier eingerollt wurde. Da bemerkte er eine Rolle, die weiter als die anderen bis dicht an das Bettbein an seinem Kopfende gerollt war. Fast krampfhaft griff er danach und sah zugleich voller Angst, ob der Alte es nicht bemerkt hätte. Der Alte schien aber sehr beschäftigt; er packte alle seine Rollen zusammen, tat sie wieder in den Sack und ging, ohne Tschartkow anzublicken, hinter den Bettschirm. Tschartkows Herz klopfte heftig, als er hörte, wie sich die schlürfenden Schritte durch das Zimmer entfernten. Er drückte, am ganzen Leibe zitternd, die Rolle in der Hand fest zusammen und hörte plötzlich, wie die Schritte sich wieder dem Bettschirm näherten: der Alte hatte offenbar bemerkt, daß ihm eine der Rollen fehlte. Da blickte er wieder zu ihm hinter den Schirm. Der Maler drückte seine Rolle voller Verzweiflung mit aller Kraft zusammen, machte eine krampfhafte Anstrengung, schrie auf und erwachte.

Er war ganz in kalten Schweiß gebadet; sein Herz schlug so heftig, wie es überhaupt schlagen konnte; seine Brust war beengt, als ob ihr der letzte Atemzug entweichen wollte. – War das denn nur ein Traum? – fragte er sich, indem er sich mit beiden Händen an den Kopf faßte. Aber die entsetzliche Lebendigkeit der Erscheinung hatte so gar nichts von einem Traume. Er sah in schon wachem Zustande, wie der Alte in seinen Rahmen zurückkehrte, er sah sogar den Saum seines weiten Gewandes vorbeihuschen, und seine Hand fühlte ganz deutlich, daß sie vor einem Augenblick etwas Schweres gehalten hatte. Das Mondlicht durchflutete sein Zimmer und ließ in dessen dunklen Ecken hier eine Leinwand, dort einen Gipsarm und eine auf einem Stuhle zurückgelassene Draperie, hier eine Hose und dort ein Paar ungeputzte Stiefel hervortreten. Nun merkte er erst, daß er nicht mehr im Bette lag, sondern auf seinen Beinen dicht vor dem Porträt stand. Wie er hingeraten war, konnte er selbst nicht begreifen. Noch mehr wunderte er sich darüber, daß das Porträt ganz aufgedeckt war und daß das Laken wirklich fehlte. Regungslos vor Entsetzen blickte er das Bild an und sah, wie die lebendigen menschlichen Augen ihn anstarrten. Kalter Schweiß trat ihm ins Gesicht; er wollte vom Bilde weggehen; fühlte aber, daß seine Füße wie angewurzelt waren. Und da sieht er – es ist kein Traum mehr – er sieht, wie die Züge des Alten zucken, wie seine Lippen sich ihm entgegenspitzen, als wollten sie ihn aussaugen… Mit einem Schrei der Verzweiflung prallte er zurück – und erwachte.

– War denn auch das ein Traum? – Sein Herz klopfte so, als wollte es zerreißen, und er tastete mit den Händen um sich. Ja, er liegt im Bett, in der gleichen Lage, in der er eingeschlafen war. Vor ihm ist der Bettschirm; das Mondlicht füllt das Zimmer. Durch die Ritze im Bettschirm sieht er das Bild, es ist ordentlich in das Laken gehüllt, so wie er es selbst eingeschlagen hat. Es war also doch ein Traum! Aber seine zusammengeballte Hand hat noch immer das Gefühl, als halte sie etwas. Das Herz klopft ihm heftig, beinahe entsetzlich; die Last auf der Brust ist unerträglich. Er heftet seine Augen auf die Ritze und starrt unverwandt auf das Laken. Da sieht er ganz deutlich, wie das Laken langsam aufgeht, als versuchten zwei Hände hinter ihm, es abzuwerfen. »Mein Gott, mein Gott, was ist das!« schrie er auf; er bekreuzigte sich voller Verzweiflung – und erwachte.

Auch das war ein Traum! Er sprang halb wahnsinnig, fast bewußtlos aus dem Bett und konnte sich unmöglich erklären, was mit ihm vorging: war es ein Alpdruck, ein Hausgeist, ein Fieberwahn oder eine lebendige Erscheinung. Indem er sich bemühte, seine Aufregung und seine gespannten Pulse, die er in allen Adern fühlte, ein wenig zu stillen, trat er ans Fenster und öffnete eine Luke. Der kalte Wind, der ins Zimmer hereinwehte, brachte ihn wieder zu Bewußtsein. Das Mondlicht lag noch immer auf den Dächern und auf den weißen Hausmauern, obwohl kleine Wolken immer öfter über den Himmel zogen. Alles war still; nur ab und zu wurde das Rasseln einer fernen Droschke hörbar, deren Kutscher in einer unsichtbaren Nebengasse, in Erwartung eines verspäteten Fahrgastes, von seiner faulen Mähre in den Schlaf gewiegt, auf dem Bocke duselte. Lange blickte er hinaus, den Kopf aus dem Fenster gesteckt. Am Himmel zeigten sich schon die ersten Spuren des nahenden Morgenrots; schließlich fühlte er Müdigkeit, schlug das Fenster zu, ging zum Bett, legte sich hin und versank bald in einen festen Schlaf.

Er erwachte sehr spät mit dem unangenehmen Gefühl, das sich des Menschen nach einem Aufenthalte in einem dunstigen Raum bemächtigt; sein Kopf schmerzte in einer unangenehmen Weise. Im Zimmer war es trübe; eine unangenehme Feuchtigkeit erfüllte die Luft und drang durch die Ritzen der mit Bildern und grundierter Leinwand verstellten Fenster ins Zimmer. Griesgrämig, unzufrieden wie ein begossener Hahn setzte er sich auf sein zerfetztes Sofa und wußte nicht, was er anfangen, was er unternehmen sollte; plötzlich erinnerte er sich seines Traumes. In dem Maße, als er sich auf alles besann, erschien ihm der Traum so bedrückend, daß ihm sogar ein Zweifel kam, ob es wirklich nur ein Traum und ein gewöhnliches Fieberdelirium gewesen sei, ob er nicht eine Vision gehabt habe. Er riß das Laken herunter und sah sich das seltsame Porträt bei Tageslicht an. Die Augen waren tatsächlich von einer ungewöhnlichen Lebendigkeit, doch er konnte an ihnen nichts sonderlich Schreckliches finden; aber ein unerklärliches unangenehmes Gefühl blieb dennoch in seiner Seele. Bei alldem konnte er sich doch nicht ganz davon überzeugen, daß es nur ein Traum gewesen sei. Es schien ihm, als ob im Traume auch ein seltsamer Fetzen der Wirklichkeit enthalten gewesen wäre. Selbst der Blick und der Gesichtsausdruck des Alten schienen zu sagen, daß er ihn in der letzten Nacht besucht habe;

seine Hand fühlte noch immer die Schwere eines Gegenstandes, den sie erst eben gehalten habe und den ihr jemand vor einem Augenblick entrissen hätte. Er hatte den Eindruck, daß, wenn er die Rolle fester gehalten hätte, sie auch nach dem Erwachen in seiner Hand geblieben wäre.

»Mein Gott, wenn ich doch nur einen Teil dieses Geldes haben könnte!« sagte er mit einem schweren Seufzer. In seiner Phantasie fielen alle die Rollen mit der verlockenden Inschrift »1000 Dukaten« wieder aus dem Sack. Die Papierhüllen öffneten sich, das Gold blitzte auf und wurde wieder eingerollt, – er aber saß da, starrte regungslos und sinnlos in die leere Luft, außerstande, sich von diesem Bilde loszureißen, wie ein Kind, das vor einer süßen Speise sitzt und zusieht, wie sie die andern verzehren, während ihm das Wasser im Munde zusammenläuft.

Plötzlich wurde an die Tür geklopft, und dieses Klopfen weckte Tschartkow auf eine höchst unangenehme Weise. Es kam der Hausherr in Begleitung des Revieraufsehers, dessen Erscheinen für die kleinen Leute bekanntlich noch peinlicher ist als das Gesicht eines Bittstellers für den Reichen. Der Besitzer des kleinen Hauses, in dem Tschartkow wohnte, war eines der Geschöpfe, wie sie die Hausbesitzer irgendwo in der fünfzehnten Linie der Wassiljewskij-Insel, auf der Petersburger Seite oder in einem entlegenen Winkel der Kolomna-Vorstadt immer zu sein pflegen, ein Geschöpf, wie es ihrer in Rußland viele gibt und deren Charakter sich ebenso schwer bestimmen läßt wie die Farbe eines abgetragenen Rockes. In seiner Jugend war er Hauptmann und ein großer Schreier gewesen, wurde auch im Zivildienste verwendet, verstand sich meisterhaft aufs Prügeln, war rührig, geckenhaft und dumm; aber im Alter vereinigten sich alle diese scharf ausgeprägten Eigenschaften zu einem trüben und ungewissen Gemisch. Er war schon verwitwet und außer Dienst, trug sich nicht mehr elegant, prahlte nicht, war nicht mehr so rauflustig und liebte nur noch, Tee zu trinken und dabei allerlei Unsinn zu schwatzen; er ging in seinem Zimmer auf und ab und putzte den Talglichtstummel; am Ende eines jeden Monats besuchte er pünktlich seine Mieter und mahnte den Zins; oft trat er mit dem Schlüssel in der Hand auf die Straße, um sich das Dach seines Hauses anzusehen; er jagte einigemal am Tage den Hausknecht aus der Kammer, in die sich jener zum Schlafen verkroch; mit einem Wort, er war ein Mann außer Dienst, dem nach dem ganzen zügellosen Leben und den langen Jahren in der schüttelnden Postkutsche nur noch die gemeinsten Gewohnheiten übrigblieben.

»Belieben Sie doch selbst zu sehen, Waruch Kusmitsch«, sagte der Hausherr zum Revieraufseher, die Hände spreizend: »Er zahlt nicht den Zins, er zahlt ihn einfach nicht.«

»Was soll ich machen, wenn ich kein Geld habe! Warten Sie ein wenig, ich werde schon bezahlen.«

»Ich kann nicht warten, Väterchen«, sagte der Hausherr erbost, die Hand mit dem Schlüssel schwingend. »Da wohnt bei mir der Oberstleutnant Potogonkin, seit sieben Jahren wohnt er schon bei mir; Anna Petrowna Buchmisterowa hat sich bei mir eine Wagenremise und einen Stall für zwei Pferde gemietet, drei leibeigene Diener hält sie sich, – solche Leute habe ich hier bei mir wohnen! Offen gestanden, ist es bei mir nicht üblich, daß die Mieter die Wohnung nicht bezahlen. Wollen Sie den Zins augenblicklich bezahlen oder die Wohnung räumen.«

»Ja, wenn Sie sich einmal verpflichtet haben, so belieben Sie zu zahlen«, sagte der Revieraufseher, indem er leicht den Kopf schüttelte und seine Finger zwischen zwei Knöpfe seines Uniformrocks steckte.

»Aber womit soll ich bezahlen? Das ist die Frage. Ich habe jetzt nicht einen Heller.«

»In diesem Falle entschädigen Sie doch Iwan Iwanowitsch mit den Erzeugnissen Ihres Berufs«, sagte der Revieraufseher. »Vielleicht wird er sich bereit erklären, statt Geld Bilder zu nehmen.«

»Nein, Väterchen, für die Bilder danke ich. Wenn es noch wenigstens Bilder mit einem vornehmen Inhalt wären, die man an die Wand hängen könnte: zum Beispiel irgendein General mit einem Ordensstern an der Brust oder ein Porträt des Fürsten Kutusow; da hat er aber einen Bauern gemalt, einen ganz gewöhnlichen Bauern in einem Hemd, seinen Diener, der ihm die Farben reibt. Wie kommt das Schwein dazu, daß man es abkonterfeit! Ich werde ihm noch den Buckel vollhauen: er hat mir alle Nägel aus den Riegeln herausgezogen, der Halunke. Schauen

Sie nur, was er für Gegenstände malt: sein eigenes Zimmer hat er gemalt. Wenn es wenigstens ein aufgeräumtes und sauberes Zimmer wäre; er hat es aber mit dem ganzen Dreck, der bei ihm herumliegt, dargestellt. Schauen Sie nur, wie er mir das Zimmer verdreckt hat; sehen Sie es sich nur an! Andere Mieter wohnen bei mir seit sieben Jahren, Oberstleutnants, Anna Petrowna Buchmisterowa... Nein, ich sage Ihnen, es gibt keinen ärgeren Mieter als so einen Kunstmaler: er lebt wie ein Schwein, daß Gott erbarm'.«

Das alles mußte der arme Maler geduldig anhören. Der Revieraufseher betrachtete indessen die Bilder und Studien und zeigte dabei, daß sein Herz doch lebendiger war als das des Hausherrn und daß ihm sogar künstlerische Interessen nicht ganz fremd waren.

»He«, sagte er, mit dem Finger auf eine Leinwand tippend, auf der eine nackte Frau dargestellt war: »Das Sujet ist recht pikant... Und warum hat dieser da einen schwarzen Fleck unter der Nase? Hat er eine Prise genommen?«

»Es ist ein Schatten«, antwortete Tschartkow mürrisch, ohne ihn anzublicken.

»Nun, den Schatten hätten Sie an eine andere Stelle setzen können, unter der Nase ist er viel zu sichtbar«, sagte der Revieraufseher. »Und wessen Porträt ist dieses da?« fuhr er fort, auf das Porträt des Alten zugehend. »Der ist gar zu schrecklich! Ist er auch in Wirklichkeit so schrecklich? Mein Gott, er schaut ja einen wirklich an! Ein wahrer Donnerer! Wen haben Sie da abkonterfeit?«

»Einen gewissen...« sagte Tschartkow und kam nicht weiter: etwas krachte. Der Revieraufseher hatte wohl den Rahmen des Porträts infolge der rohen Konstruktion seiner Polizeihände zu kräftig angefaßt: die Seitenleisten brachen ein; eine von ihnen fiel zu Boden, und gleichzeitig fiel mit schwerem Klirren eine in blaues Papier eingewickelte Rolle herab. Tschartkow sah die Inschrift: »1000 Dukaten.« Wie wahnsinnig stürzte er hin, packte die Rolle und drückte sie krampfhaft mit der Hand zusammen, die von der schweren Last abwärts gezogen wurde.

»Hat nicht eben Geld geklirrt?« fragte der Revieraufseher, der etwas zu Boden fallen hörte, aber infolge der Schnelligkeit, mit der sich Tschartkow über die Rolle gestürzt hatte, nicht sehen konnte, was es war. »Was geht es Sie an, was ich hier habe?«

Das geht mich insofern an, als Sie sofort dem Hausherrn den Zins bezahlen müssen; denn Sie haben Geld und wollen nicht zahlen; das geht es mich an.«

»Ich werde ihn heute noch bezahlen.«

»Warum wollten Sie dann nicht schon früher bezahlen und machen dem Hausherrn Scherereien, so daß er die Polizei belästigen muß?«

»Weil ich dieses Geld nicht anrühren wollte. Ich werde ihn heute noch bezahlen und morgen ausziehen, denn ich will bei einem solchen Hausherrn nicht länger bleiben.«

»Nun, Iwan Iwanowitsch, er wird bezahlen«, sagte der Revieraufseher, sich an den Hausherrn wendend. »Wenn Sie aber bis heute abend nicht vollständig befriedigt sind, so wird es der Herr Kunstmaler schon entschuldigen müssen!« Mit diesen Worten setzte er seinen Dreimaster auf und verließ die Wohnung. Der Hausherr folgte ihm mit gesenktem Kopf und, wie es schien, in Gedanken versunken.

»Gott sei Dank, daß der Teufel sie geholt hat!« sagte Tschartkow, als er die Tür im Vorzimmer ins Schloß fallen hörte. Er blickte ins Vorzimmer hinaus, schickte Nikita fort, um ganz allein zu bleiben, schloß die Tür hinter ihm ab und begann, in sein Zimmer zurückgekehrt, unter heftigem Herzklopfen die Rolle aufzuwickeln. Sie enthielt lauter funkelnagelneue und wie Feuer glänzende Dukaten. Fast wahnsinnig saß er über dem goldenen Haufen und fragte sich immer noch: – Ist es kein Traum? – Die Rolle enthielt genau tausend Dukaten; sie sah von außen genauso aus, wie er sie im Traume gesehen hatte. Einige Minuten wühlte er in den Dukaten, musterte sie und konnte sich noch immer nicht beruhigen. In seiner Phantasie erwachten plötzlich alle Geschichten von den vergrabenen Schätzen und den Schatullen mit Geheimfächern, die die Ahnen für ihre verarmten Enkel zurücklassen, fest davon überzeugt, daß diese dereinst ruiniert sein werden. Er dachte sich: – Ist es nicht irgendeinem Großvater eingefallen, seinem Enkel ein Geschenk zu hinterlassen und es in den Rahmen des Familienporträts einzuschließen? –

Von einem romantischen Wahn erfüllt, fragte er sich sogar, ob hier nicht irgendein geheimnisvoller Zusammenhang mit seinem eigenen Schicksal bestehe. Ob die Existenz des Porträts nicht irgendwie mit seiner eigenen Existenz zusammenhänge und ob nicht schon in der bloßen Anschaffung des Porträts eine Fügung des Schicksals liege. Er begann, neugierig den Rahmen des Porträts zu untersuchen. Dieser hatte an der einen Seite eine Höhlung, die so geschickt und unmerklich von einem Brettchen verdeckt war, daß, wenn nicht die mächtige Hand des Revieraufsehers den Bruch verursacht hätte, die Dukaten wohl bis ans Ende aller Zeiten darin verborgen geblieben wären. Indem er das Porträt betrachtete, bewunderte er wieder die herrliche Malerei und die ungewöhnliche Ausarbeitung der Augen: sie erschienen ihm nicht mehr schrecklich, aber in seiner Seele blieb noch immer ein unwillkürliches unangenehmes Gefühl. – Nein –, sagte er zu sich selbst, – wessen Großvater du auch seist, ich lasse dich dafür hinter Glas und in einen goldenen Rahmen setzen.« Er legte die Hand auf den goldenen Haufen, und bei dieser Berührung fing sein Herz an, heftig zu klopfen. – Was soll ich mit ihnen anfangen? – fragte er sich, die Dukaten anstarrend. – Jetzt bin ich für wenigstens drei Jahre versorgt; ich kann mich in meinem Zimmer einschließen und arbeiten. Jetzt habe ich Geld für die Farben; auch für Essen, Tee, für alle Auslagen und für die Wohnung; nun wird mich niemand mehr stören und ärgern. Ich kaufe mir eine gute Gliederpuppe, bestelle mir einen Torso und ein Paar Füße aus Gips, stelle mir eine Venus auf und schaffe mir Stiche nach den ersten Meistern an. Und wenn ich drei Jahre ohne Übereilung und nicht des Geldes wegen, für mich allein arbeite, überhole ich sie alle und kann ein berühmter Künstler werden. –

So sprach er im Einklang mit der Vernunft, die ihm zuflüsterte; doch aus seinem Innern klang noch eine andere, lautere Stimme. Er sah das Gold noch einmal an, und seine zweiundzwanzig Jahre und seine überschäumende Jugend sagten etwas ganz anderes. Nun hatte er in seiner Macht alles, was er bisher nur aus der Ferne mit neidischen Augen angeschaut und bewundert hatte, während ihm das Wasser im Munde zusammenlief. Ach, wie klopfte ihm das Herz, als er daran dachte! Einen modernen Frack kaufen, sich nach den langen Fasten ordentlich sattessen, eine schöne Wohnung mieten, sofort ins Theater gehen, in eine Konditorei, in eine... und so weiter... Er packte das Geld und war mit einem Satze auf der Straße.

Zu allererst begab er sich zu einem Schneider, ließ sich vom Kopf bis zu den Füßen neu bekleiden und betrachtete sich wie ein Kind fortwährend im Spiegel; er kaufte sich Parfüms und Pomade, mietete, ohne zu handeln, die erste beste Wohnung auf dem Newskij-Prospekt mit Spiegeln und großen Fensterscheiben; kaufte sich so ganz nebenbei ein teures Lorgnon, eine Menge Halsbinden, viel mehr als er brauchte, ließ sich vom Friseur die Haare kräuseln, fuhr zweimal in einer feinen Equipage ohne jeden Zweck durch die Stadt, überaß sich in einer Konditorei an Konfekt und kehrte in ein französisches Restaurant ein, von dem er bisher einen ebenso unklaren Begriff gehabt hatte wie vom chinesischen Staate. Hier aß er zu Mittag, die Hände in die Hüften gestemmt, mit hochmütigen Blicken die anderen Gäste musternd und sich in einem fort vor dem Spiegel die gebrannten Locken richtend. Hier trank er auch eine Flasche Champagner, den er bisher auch nur vom Hörensagen kannte. Der Wein stieg ihm in den Kopf; er trat auf die Straße lebhaft und unternehmungslustig und war, wie man in Rußland sagt, »selbst dem Teufel kein Bruder«. Er ging stolz wie ein Pfau über das Trottoir und musterte alle durch sein Lorgnon. Auf der Brücke gewahrte er seinen alten Professor und huschte geschickt an ihm vorbei, als hätte er ihn gar nicht bemerkt. Der Professor stand noch lange wie zu Stein erstarrt auf der Brücke, während sein Gesicht ein Fragezeichen ausdrückte.

Seine ganze Habe – Staffelei, Rahmen, Bilder – wurde noch am gleichen Abend in die neue prachtvolle Wohnung gebracht. Die besseren Sachen stellte er sichtbar auf, die weniger guten warf er in eine Ecke; dann ging er durch die prunkvollen Zimmer und betrachtete sich fortwährend in den Spiegeln. In seinem Herzen regte sich der unüberwindliche Wunsch, den Ruhm gleich auf der Stelle am Schwanze zu packen und sich der Welt zu zeigen. Er glaubte schon die Rufe zu hören: »Tschartkow, Tschartkow! Haben Sie schon das Bild Tschartkows gesehen? Was für einen flotten Pinsel hat doch dieser Tschartkow! Welch ein starkes Talent!« Er ging verzückt im seinem Zimmer auf und ab und schweifte in seiner Phantasie Gott weiß wo herum.

Am anderen Tag steckte er sich zehn Dukaten in die Tasche und begab sich zum Herausgeber einer verbreiteten Zeitung, um ihn um großmütige Förderung zu bitten; der Journalist empfing ihn ungemein freundlich, sprach ihn mit »Verehrtester« an, drückte ihm beide Hände, erkundigte sich eingehend nach dem Namen, Vatersnamen und der Adresse, und schon am nächsten Tag erschien in der Zeitung gleich nach einer Anzeige über eine neuerfundene Sorte von Talglichtern ein Artikel mit der Überschrift: »Von der ungewöhnlichen Begabung Tschartkows!« – »Wir beeilen uns, den gebildeten Bewohnern der Residenz zu einer neuen, man kann wohl sagen, in jeder Beziehung herrlichen Erscheinung zu gratulieren. Alle sind darin einig, daß wir wohl eine Menge wunderbarer Physiognomien und schöner Gesichter haben; es fehlte aber bisher an einem Mittel, sie auf eine wundertätige Leinwand zu bannen, um sie der Nachwelt zu überliefern. Dieser Mangel ist jetzt aufgehoben; es hat sich ein Maler gefunden, der in sich alles, was man dazu braucht, vereinigt. Die Schöne kann jetzt überzeugt sein, daß sie mit der ganzen Grazie ihrer luftigen, leichten, bezaubernden, angenehmen, wunderbaren Anmut, die an einen über Frühlingsblüten schwebenden Falter gemahnt, verewigt sein wird. Der ehrwürdige Familienvater wird sich von seiner ganzen Familie umgeben sehen. Der Kaufmann, der Soldat, der Bürger, der Staatsmann, ein jeder wird seine Tätigkeit mit neuem Eifer fortsetzen können. Eilt, eilt, vom Spaziergang, vom Gange zu einem Freund, zu einer Kusine, in ein glänzendes Geschäft, eilt, woher es auch sei. Das großartige Atelier des Künstlers (Newskij-Prospekt, Nummer soundsoviel) ist mit Werken seines Pinsels angefüllt, der eines Van Dyck und eines Tizian würdig wäre. Man weiß nicht, worüber man mehr staunen soll: über die Naturtreue und die Ähnlichkeit mit den Originalen, oder über die ungewöhnliche Lebendigkeit und Frische der Pinselführung. Ehre sei Ihnen, Herr Künstler! Sie haben ein glückliches Los in der Lotterie gezogen. Vivat Andrej Petrowitsch! (der Journalist liebte wohl familiäre Wendungen). Machen Sie sich und auch uns berühmt. Wir verstehen Sie zu schätzen. Der allgemeine Zulauf und zugleich auch irdische Güter, – obwohl mancher Journalist gegen diese kämpft, – werden Ihr Lohn sein.«

Mit geheimer Wonne las der Maler diese Reklame, und sein Gesicht erstrahlte. Man sprach von ihm schon in der Presse, – das war für ihn neu. Einigemal las er die Zeilen durch. Der Vergleich mit Van Dyck und Tizian schmeichelte ihm sehr. Der Satz: »Vivat Andrej Petrowitsch!« gefiel ihm gleichfalls sehr: man nannte ihn in der Zeitung mit seinen Vor-und Vatersnamen, – diese Ehre war ihm bisher ganz und gar unbekannt. Er fing an, mit schnellen Schritten auf und ab zu gehen und sich das Haar zu zerzausen; bald setzte er sich in einen Sessel, bald stand er auf und setzte sich auf das Sofa, wobei er sich immer vorstellte, wie er die Besucher und Besucherinnen empfangen würde; bald trat er vor die Leinwand und machte eine elegante Geste mit dem Pinsel, indem er sich bemühte, der Hand einen möglichst graziösen Schwung zu verleihen. Am nächsten Tage klingelte es an seiner Tür, er beeilte sich, selbst aufzumachen. Es war eine Dame, in Begleitung eines Lakaien in pelzgefütterter Livree; zugleich mit der Dame erschien ihre Tochter, ein junges Mädchen von siebzehn Jahren. »Monsieur Tschartkow?« fragte die Dame.

Der Maler verbeugte sich.

»Es wird über Sie so viel geschrieben; man sagt, Ihre Porträts seien der Gipfel der Vollkommenheit.« Mit diesen Worten nahm die Dame ihr Lorgnon und eilte zur Wand, an der jedoch nichts hing. »Wo sind denn Ihre Porträts?«

»Man hat sie hinausgetragen«, antwortete der Maler, etwas verwirrt. »Ich bin soeben in diese Wohnung gezogen, und die Bilder sind unterwegs... sie sind noch nicht hier.«

»Waren Sie schon in Italien?« fragte die Dame, ihr Lorgnon auf ihn richtend, da sie nichts anderes fand, worauf sie es hätte richten können.

»Nein, ich war noch nicht dort, wollte aber hin... Ich habe es übrigens nur aufgeschoben... Hier ist ein Sessel; sind Sie nicht müde?...«

»Ich danke, ich habe lange genug in der Equipage gesessen. Da sehe ich endlich Ihre Werke!« sagte die Dame, zu der Wand gegenüber laufend und das Lorgnon auf die auf dem Boden stehenden Studien, Skizzen, Perspektiven und Porträts richtend. »C'est charmant, Lise! Lise, venez ici. Ein Zimmer im Stile Teniers'. Siehst du? Eine Unordnung, ein Durcheinander, ein Tisch, darauf eine Büste, eine Hand, eine Palette; da ist auch Staub... siehst du, wie der Staub gemalt ist! C'est charmant! Und hier auf dem anderen Bilde eine Frau, die sich das Gesicht wäscht – quelle jolie figure! Ach, ein Bäuerlein! Lise! Lise! Ein Bäuerlein im russischen Hemd! Siehst du: ein Bäuerlein! Sie malen also nicht nur Porträts?«

»Ach, das ist nichts... ich habe es nur zum Zeitvertreib gemacht... es sind Studien...«

»Sagen Sie, welche Meinung haben Sie von den jetzigen Porträtmalern? Nicht wahr, es gibt unter ihnen keinen, der wie Tizian wäre? Es fehlt diese Kraft im Kolorit, es fehlt diese... wie schade, daß ich es Ihnen nicht russisch erklären kann. (Die Dame war eine Liebhaberin der Malerei und hatte mit ihrem Lorgnon alle Galerien Italiens durchrast.) »Übrigens Monsieur Nohl... ach, wie der malt! Welch ein ungewöhnlicher Pinsel! Ich finde, daß seine Gesichter sogar mehr Ausdruck haben als die des Tizian. Sie kennen Monsieur Nohl nicht?«

»Wer ist dieser Nohl?« fragte der Maler.

»Monsieur Nohl. Ach, ist das ein Talent! Er hat ihr Porträt gemalt, als sie erst zwölf Jahre alt war. Sie müssen unbedingt zu uns kommen. Lise, du wirst ihm dein Album zeigen. Wissen Sie, wir sind hergekommen, damit Sie sofort mit ihrem Porträt beginnen.«

»Gewiß, ich bin sofort bereit.« Er schob im Nu die Staffelei mit einem fertig bespannten Rahmen heran, nahm die Palette in die Hand und richtete seinen Blick auf das blasse Gesichtchen der Tochter. Wäre er Kenner der menschlichen Natur, so hätte er darin sofort den Ausdruck einer beginnenden kindlichen Leidenschaft für Bälle, einer quälenden Langweile an Vormittagen und an Nachmittagen und des Wunsches, im neuen Kleide auf der Promenade herumzulaufen, die schweren Spuren eines stumpfen Eifers für allerlei Künste, den ihr die Mutter zwecks Hebung ihrer Seele und ihrer Gefühle einflößte, gelesen. Der Maler sah aber in diesem zarten Gesichtchen nur die für den Pinsel verlockende, beinahe porzellanartige Durchsichtigkeit, die bezaubernde leichte Mattigkeit, den feinen, leuchtenden Hals und die aristokratische Zierlichkeit. Er machte sich schon im voraus bereit, zu triumphieren, die Leichtigkeit und den Glanz seines Pinsels zu zeigen, der bisher nur mit den harten Zügen der rohen Modelle, den strengen Antiken und den Kopien nach einigen klassischen Meistern zu tun gehabt hatte. Er stellte sich schon im Geiste vor, wie ihm dieses zarte Gesichtchen geraten würde.

»Wissen Sie«, sagte die Dame mit einem sogar beinahe rührenden Gesichtsausdruck: »Ich möchte... sie hat jetzt ein Kleid an; offen gestanden, möchte ich sie nicht in diesem Kleide gemalt sehen, an das wir so gewöhnt sind: ich möchte, sie wäre ganz einfach gekleidet und säße im Schatten grüner Bäume; im Hintergrunde sollen aber irgendwelche Felder, Herden oder ein Wäldchen zu sehen sein... man soll es ihr nicht ansehen, daß sie eben im Begriff ist, zu irgendeinem Ball oder einer modischen Abendunterhaltung zu fahren. Unsere Bälle töten, offen gestanden, die Seele und die letzten Reste der Gefühle... Einfachheit, verstehen Sie, ich möchte mehr Einfachheit.« (Ach! In den Gesichtern der Mutter und der Tochter stand aber geschrieben, daß sie schon so viel auf Bällen getanzt hatten, daß sie fast wächsern geworden waren.)

Tschartkow machte sich an die Arbeit: er setzte sein Modell in einen Sessel, durchdachte sich die Arbeit, fuhr mit dem Pinsel durch die Luft, fixierte im Geiste die Hauptpunkte, kniff einigemal ein Auge zusammen, beugte sich zurück, sah noch einmal aus größerer Entfernung hin und begann mit der Untermalung, die auch sofort fertig war. Mit der Untermalung zufrieden, machte er sich an die Ausführung; die Arbeit riß ihn hin; er hatte schon alles vergessen, sogar daß er sich in Gesellschaft aristokratischer Damen befand; er fing sogar an, gewisse Malerangewohnheiten zu zeigen und verschiedene Laute von sich zu geben und zu trällern, wie es oft die Maler tun, wenn sie mit der ganzen Seele bei der Arbeit sind. Er zwang sogar sein Modell, das zuletzt unruhig hin und her rückte und große Müdigkeit zeigte, ganz ungeniert mit einem bloßen Wink des Pinsels, den Kopf zu heben.

»Genug, fürs erste Mal ist es genug«, sagte die Dame.

»Noch ein bißchen!« bat der Maler, der ganz hingerissen war.

»Nein, es ist Zeit! Lise, es ist schon drei!« sagte sie, indem sie eine kleine Uhr, die an goldener Kette an ihrem Gürtel hing, hervorholte. Dann schrie sie auf: »Ach, es ist schon so spät!«

»Nur noch ein Weilchen!« sagte Tsdiartkow mit der flehenden Stimme eines Kindes.

Die Dame schien aber diesmal gar nicht geneigt, seinen künstlerischen Bedürfnissen entgegenzukommen und versprach, nur, das nächste Mal etwas länger zu bleiben.

– Es ist aber ärgerlich –, dachte sich Tschartkow: – meine Hand war gerade so schön in Schwung gekommen. – Und er erinnerte sich, daß ihn niemand zu unterbrechen und zu stören wagte, als er noch in seinem Atelier auf der Wassiljewskij-Insel arbeitete; Nikita pflegte unbeweglich auf einem Fleck zu sitzen, und er konnte ihn, so lange er wollte, malen; Nikita brachte es sogar fertig, in der angegebenen Stellung einzuschlafen. Unzufrieden legte er Pinsel und Palette auf einen Stuhl und blieb nachdenklich vor der Leinwand stehen.

Ein Kompliment der vornehmen Dame weckte ihn aus seiner Versunkenheit. Er stürzte zur Türe, um die beiden hinauszubegleiten; auf der Treppe erhielt er die Einladung, in der nächsten Woche bei ihnen zu essen, und kehrte mit vergnügter Miene in sein Zimmer zurück. Die aristokratische Dame hatte ihn ganz bezaubert. Bisher hatte er solche Geschöpfe als etwas Unerreichbares angesehen, als etwas, was nur dazu geboren sei, um in einer prächtigen Equipage mit livrierten Lakaien und einem eleganten Kutscher vorbeizusausen und einen gleichgültigen Blick auf den im ärmlichen Mantel zu Fuß vorbeigehenden Menschen zu werfen. Nun ist aber eines dieser Geschöpfe in sein Zimmer getreten; er malt sein Bildnis und ist in ein aristokratisches Haus zum Essen geladen. Er war ungemein zufrieden und wie berauscht; dafür belohnte er sich mit einem feinen Mittagessen und einem Theaterbesuch am Abend und fuhr wieder ohne jeden Zweck in einer vornehmen Equipage durch die Stadt.

Alle diese Tage wollte ihm seine gewohnte Arbeit nicht in den Sinn. Er bereitete sich nur vor und wartete auf das Läuten an der Tür. Endlich kam die aristokratische Dame mit ihrer blassen Tochter wieder. Er ließ sie Platz nehmen, rückte die Leinwand heran, was er jetzt recht geschickt und mit einem Anspruch auf vornehme Manieren tat, und machte sich an die Arbeit. Der sonnige Tag und die gute Beleuchtung unterstützten ihn. Er entdeckte in seinem graziösen Modell vieles, was, auf die Leinwand gebannt, dem Porträt eine hohe Qualität verleihen könnte; er sah, daß hier etwas Außerordentliches geschaffen werden konnte, wenn es ihm gelänge, alles so vollendet wiederzugeben, wie ihm jetzt das Original erschien. Sein Herz fing sogar zu beben an, als er fühlte, daß es ihm gelingen würde, etwas wiederzugeben, was den anderen entgangen war. Die Arbeit nahm ihn ganz gefangen; er versenkte sich in sie und dachte nicht mehr an die aristokratische Abstammung des Modells. Mit stockendem Atem sah er, wie ihm die leichten Züge und das fast durchsichtige, zarte Fleisch des siebzehnjährigen Mädchens gerieten. Er erhaschte jede Schattierung, die gelblichen Töne, den kaum sichtbaren bläulichen Anflug unter den Augen und war schon im Begriff, auch den kleinen Pickel, der auf der Stirne erblüht war, festzuhalten, als er plötzlich die Stimme der Mutter vernahm: »Ach, wozu das? Das ist nicht nötig«, sagte die Dame. »Auch das ... hier, an einigen Stellen ... es scheint mir etwas gelb, und auch hier die dunklen Fleckchen.« Der Maler begann ihr zu erklären, daß gerade diese Fleckchen und der gelbe Ton sich besonders gut machten und die angenehmen und zarten Töne des Gesichts bewirkten. Darauf bekam er zur Antwort, daß sie gar nichts bewirkten und gar keinen Ton ausmachten und daß es ihm nur so vorkomme. »Aber erlauben Sie, daß ich nur hier, an dieser Stelle ein wenig mit gelber Farbe nachfahre«, sagte der Künstler einfältig. Aber man erlaubte es ihm nicht. Man erklärte ihm, daß Lise heute ausnahmsweise etwas indisponiert sei und daß sie sonst niemals gelb aussähe; ihr Gesicht sei vielmehr von einer erstaunlichen Frische. Traurig machte er sich an die Beseitigung dessen, was sein Pinsel auf die Leinwand gebannt hatte. Es verschwanden viele fast unmerkliche Züge, und mit ihnen verschwand auch zum Teil die Ähnlichkeit. Er begann dem Porträt ganz gefühllos das allgemeine Kolorit zu verleihen, das man auswendig kennt und das selbst die nach der Natur gemalten Gesichter in kalte Idealgestalten verwandelt, wie man sie auf Schülerarbeiten sieht. Aber die Dame war sehr zufrieden, daß das verletzende Kolorit beseitigt war. Sie äußerte nur ihr Erstaunen darüber, daß die Arbeit so lange daure, und fügte hinzu, daß sie gehört habe, er pflege sonst ein Porträt in zwei Sitzungen fertigzumachen. Der Maler wußte nicht, was darauf zu antworten. Die Damen erhoben sich und schickten sich zum Gehen an. Er legte den Pinsel weg, begleitete sie bis zur Tür und stand dann lange nachdenklich und unbeweglich vor dem Porträt.

Das Porträt blickte ihn ganz dumm an, aber in seinem Kopfe schwebten noch die leichten weiblichen Züge, die Farben und luftigen Töne, die er wahrgenommen und die sein Pinsel so grausam vernichtet hatte. Ganz von ihnen erfüllt, stellte er das Porträt zur Seite und holte das Köpfchen der Psyche hervor, das er einst skizzenhaft hingeworfen und dann aufgegeben hatte. Es war ein geschickt gemaltes, aber durchaus ideales, kaltes Gesichtchen, das nur aus ganz allgemeinen Zügen bestand, die sich noch nicht in lebendiges Fleisch gekleidet hatten. Um die Zeit totzuschlagen, fuhr er nun mit dem Pinsel nach und dachte dabei an alle Einzelheiten, die er im Gesicht des aristokratischen Modells wahrgenommen hatte. Jene Züge und Töne erstanden hier in der geläuterten Form, in der sie erscheinen, wenn der Künstler, nachdem er sich an der Natur sattgesehen, sich von ihr entfernt und ein ihr gleichwertiges Werk schafft. Die Psyche erwachte zum Leben, und die schwach angedeutete Idee wurde allmählich zu lebendigem Fleisch. Der Gesichtstypus des aristokratischen jungen Mädchens teilte sich wie von selbst der Psyche mit, und diese erhielt dadurch einen eigenartigen Ausdruck, der ihr den Wert eines wirklich originellen Werkes verlieh. Er hatte sich anscheinend wie im einzelnen, so auch im allgemeinen alles zunutze gemacht, was ihm das Original geboten, und versenkte sich ganz in diese Arbeit. Einige Tage lang war er nur mit ihr beschäftigt. Bei dieser Arbeit trafen ihn auch die beiden bekannten Damen. Er hatte nicht Zeit gehabt, das Bild von der Staffelei zu nehmen. Beide Damen schrien freudig überrascht auf und schlugen die Hände zusammen.

»Lise, Lise! Ach, wie ähnlich! Süperbe, süperbe! Wie schön ist doch Ihr Einfall, sie in ein griechisches Kostüm zu kleiden! Ach, diese Überraschung!«

Der Künstler wußte nicht, wie den Damen die angenehme Täuschung auszureden. Geniert, mit gesenktem Kopf sagte er leise: »Es ist Psyche.«

»Sie haben sie als Psyche dargestellt? C'est charmant!« sagte die Mutter lächelnd, worauf dann auch die Tochter lächelte.

»Nicht wahr, Lise, es steht dir am besten, als Psyche dargestellt zu sein? Quelle idée délicieuse! Aber diese Arbeit! Ein wahrer Correggio. Offen gestanden habe ich wohl viel von Ihnen gelesen und gehört, habe aber nicht gewußt, daß Sie so ein Talent haben. Nein, Sie müssen unbedingt auch mein Porträt malen.« Die Dame wollte offenbar auch als eine Psyche dargestellt werden.

– Was soll ich mit ihnen anfangen? fragte sich der Maler. – Wenn sie es selbst wollen, so soll die Psyche als das gelten, was sie in ihr sehen wollen. – Dann sagte er laut: »Wollen Sie noch ein wenig sitzen: ich will nur hie und da mit dem Pinsel nachfahren.«

»Ach, ich fürchte, daß Sie sie … sie ist jetzt so ähnlich …«

Der Maler erriet, daß die Befürchtungen den gelben Ton betrafen, und beruhigte die beiden, indem er sagte, er wolle nur etwas mehr Glanz und Ausdruck den Augen verleihen. In Wirklichkeit quälte ihn doch zu sehr das Gewissen, und er wollte dem Porträt wenigstens etwas mehr Ähnlichkeit mit dem Original verleihen, damit ihm niemand absolute Schamlosigkeit vorwerfen könne. In der Gestalt der Psyche begannen nun in der Tat die Züge des blassen Mädchens deutlicher hervorzutreten.

»Genug!« sagte die Mutter, die schon befürchtete, daß die Ähnlichkeit allzu groß werden könnte. Dem Maler wurde jeglicher Lohn zuteil: ein Lächeln, Geld, Komplimente, ein herzlicher Händedruck und eine Einladung zum Mittagessen, – mit einem Worte, tausend schmeichelhafte Belohnungen.

Das Porträt erregte in der Stadt Aufsehen. Die Dame zeigte es ihren Freundinnen. Alle staunten über die Kunst, mit der der Maler es verstanden hatte, die Ähnlichkeit zu wahren und zugleich dem Original Anmut zu verleihen. Das letztere wurde natürlich nicht ohne Neid bemerkt. Der Maler war plötzlich von Auftraggebern belagert. Die ganze Stadt schien sich von ihm malen lassen zu wollen. An seiner Tür ging fortwährend die Klingel. Einerseits hätte es für ihn gut sein können, da ihm die unendliche Mannigfaltigkeit der Gesichter eine große Praxis bot. Zu seinem Unglück waren es aber lauter Menschen, mit denen es schwer auszukommen war; hastige, vielbeschäftigte Menschen, oder solche, die der großen Welt angehörten und folglich noch mehr beschäftigt als die anderen, und somit äußerst ungeduldig waren. Von allen Seiten wurde verlangt, daß er gut und noch schnell arbeite.

Der Maler sah bald die Unmöglichkeit ein, die Porträts wirklich zu vollenden, und daß er es durch Geschicklichkeit und flotte Pinselführung ersetzen müsse: es galt nur das Ganze, den allgemeinen Ausdruck zu erfassen, ohne sich mit dem Pinsel in die feineren Einzelheiten zu versenken; es war, mit einem Wort, ganz unmöglich, der Natur in ihrer Vollendung nachzuspüren. Es ist außerdem zu bemerken, daß die Menschen, die sich von ihm malen ließen, noch viele andere Ansprüche an ihn stellten. Die Damen verlangten, daß die Porträts vorwiegend die Seelen und die Charaktere darstellten, alles übrige aber mitunter ganz weggelassen werden dürfe: daß alles Eckige abgerundet, jeder Fehler geglättet und sogar womöglich ganz vernachlässigt werde, – mit einem Wort, daß das Porträt in dem Beschauer Bewunderung, wenn nicht gar Liebe wecke. Darum nahmen auch die Damen, wenn sie ihm saßen, mitunter einen solchen Ausdruck an, daß der Maler nur so staunte: die eine bemühte sich, Melancholie, die andere Verträumtheit zu mimen; die dritte wollte um jeden Preis ihren Mund kleiner erscheinen lassen und spitzte ihn so, daß er sich schließlich in einen Punkt, kaum so groß wie ein Stecknadelkopf, verwandelte. Dabei verlangten sie von ihm alle Ähnlichkeit und ungezwungene Natürlichkeit. Auch die Männer waren durchaus nicht besser als die Damen: der eine wollte mit einer starken, energischen Wendung des Kopfes dargestellt werden. Der andere mit nach oben gerichteten durchgeistigten Augen; ein Gardeleutnant forderte, daß aus seinen Augen Gott Mars blicke; der Zivilbeamte wünschte, daß sein Gesicht möglichst viel Offenheit und Edelsinn ausdrücke, und daß die Hand auf einem Buche mit der deutlich lesbaren Inschrift: »Er trat immer für die Wahrheit ein« ruhe.

Solche Zumutungen machten den Maler anfangs schwitzen: alle diese Dinge wollten ja überlegt sein, während man ihm nur wenig Zeit dazu ließ. Endlich begriff er, was man von ihm wollte, und machte sich keine Mühe mehr. Schon aus wenigen Worten erfaßte er, als was sich der und jener dargestellt sehen wollte. Wer nach dem Gott Mars verlangte, dem malte er den Mars ins Gesicht; wer sich für einen Byron hielt, dem verlieh er die Pose und die Wendung Byrons. Wollte sich eine Dame als Corinna, Undine oder Aspasia dargestellt sehen, er ging immer mit der größten Bereitwilligkeit auf alles ein und verlieh einem jeden außerdem auch eine gewisse Anmut, die bekanntlich niemals schadet, für die man dem Maler aber auch Unähnlichkeit verzeiht. Bald staunte er selbst über die wunderbare Schnelligkeit und Flottheit seines Pinsels. Die sich von ihm malen ließen, waren aber selbstverständlich entzückt und erklärten ihn für ein Genie.

Tschartkow wurde in jeder Beziehung zu einem Modemaler. Er fing an, Diners zu besuchen, Damen in die Galerien und sogar auf die Promenade zu begleiten, sich elegant zu kleiden und laut zu verkünden, daß der Künstler der Gesellschaft angehören und seinen Stand hochhalten müsse, während die Künstler sich sonst wie die Schuster kleideten, kein Benehmen hätten, den feineren Ton nicht beobachteten und jeder Bildung entbehrten. In seiner Wohnung und in seinem Atelier sah er auf äußerste Ordnung und Reinlichkeit; er stellte sich zwei großartige Lakaien an, nahm elegante Schüler auf, wechselte einigemal am Tage allerlei Morgenanzüge und kräuselte sich das Haar. Er vervollkommnete immer mehr seine Manieren, mit denen er die Besucher empfing, und widmete sich der Verschönerung seines Äußeren mit allen möglichen Mitteln, um auf die Damen einen angenehmen Eindruck zu machen; mit einem Worte, bald konnte man in ihm den bescheidenen jungen Maler, der einst von niemand gesehen, in seinem Loch auf der Wassiljewskij-Insel gearbeitet hatte, nicht mehr wiedererkennen. Über die anderen Maler und über die Kunst urteilte er nun sehr scharf: er behauptete, daß den alten Meistern eine viel zu hohe Bedeutung zugemessen werde, daß sie alle vor Raffael keine Menschen, sondern Heringe gemalt hätten; daß es nur eine Einbildung der Beschauer sei, wenn behauptet werde, in diesen Bildern sei etwas Heiliges enthalten; daß Michelangelo ein Prahler sei, der überall nur mit seinen anatomischen Kenntnissen habe prahlen wollen; daß ihm jede Grazie fehle, und daß man den wahren Glanz und die wahre Kraft der Pinselführung und des Kolorits nur heutzutage, im jetzigen Jahrhundert suchen dürfe.

So brachte er die Rede natürlich und unwillkürlich auf sich selbst. »Nein«, pflegte er zu sagen, »ich kann nicht verstehen, wie die andern sich so abmühen können: ein Mensch, der sich einige

Monate mit einem Bilde plagt, ist meiner Ansicht nach ein Arbeiter und kein Künstler; ich kann unmöglich glauben, daß er Talent hat. Das Genie schafft kühn und schnell. Dieses Porträt da«, sagte er, sich an die Besucher wendend, »habe ich in zwei Tagen gemalt, dieses Köpfchen in einem Tag, dieses hier in einigen Stunden, und dieses in etwas mehr als einer Stunde. Nein, ich...ich muß gestehen, daß ich es nicht als Kunst ansehen kann, was Strich auf Strich entsteht; es ist Handwerk und keine Kunst.«

So sprach er zu seinen Besuchern, und die Besucher staunten über die Kraft und den Schwung seines Pinsels und stießen sogar Rufe des Erstaunens aus, als sie hörten, wie schnell die Werke entstanden waren. Hinterher sagten sie zueinander: »Das ist ein Talent! Ein wahres Talent! Schauen Sie nur, wie er spricht, wie seine Augen leuchten! Il y a quelque chose d'extraordinaire dans toute sa figure!«

Es schmeichelte dem Künstler, solche Äußerungen zu hören. Wenn in den Zeitungen lobende Aufsätze erschienen, freute er sich wie ein Kind, obwohl er das Lob mit eigenem Gelde bezahlt hatte. Er trug so ein Zeitungsblatt immer bei sich und zeigte es wie zufällig seinen Bekannten und Freunden, und das machte ihm selbst eine einfältige Freude. Sein Ruhm wuchs, und er hatte immer mehr Arbeit und Aufträge. Schon fingen ihn die immer gleichen Porträts und Gesichter, deren Posen und Wendungen er auswendig kannte, zu langweilen an. Er malte sie schon ohne große Lust und bemühte sich nur irgendwie den Kopf zu skizzieren, überließ aber die Vollendung seinen Schülern. Früher hatte er sich noch immerhin bemüht, eine neue Stellung zu erfinden, den Beschauer durch Kraft und Effekt zu verblüffen. Jetzt langweilte ihn aber auch das schon. Sein Geist war zu müde, Neues zu erfinden. Das konnte er nicht mehr und hatte auch keine Zeit dazu: das Leben voller Zerstreuung und die Gesellschaft, in der er eine Rolle spielen wollte, lenkten ihn von der Arbeit und vom Denken ab. Sein Pinsel wurde kälter und stumpfer, und er schloß sich, für sich selbst unmerklich, in eintönige, bestimmte, längst abgeleierte Formen ein. Die gleichförmigen, kalten, zugeknöpften, immer gepflegten Gesichter der Militär-und Zivilbeamten boten seinem Pinsel kein zu weites Feld; er interessierte sich nicht mehr für die prunkvollen Drapierungen, für die starken Bewegungen und Leidenschaften. Von geschickten Gruppierungen, künstlerischer Dramatik und erhabener Komposition war nicht mehr die Rede; er sah vor sich nur die Uniform, das Korsett und den Frack, vor denen der wahre Künstler nur Kälte empfindet und jede Phantasie schwindet. An seinen Werken konnte man nun auch die gewöhnlichsten Qualitäten nicht mehr finden, und trotzdem wurden sie noch immer gekauft und erfreuten sich der Berühmtheit, obwohl die wahren Kenner und Künstler beim Anblick seiner letzten Arbeiten nur die Achseln zuckten. Manche aber, die Tschartkow früher gekannt hatten, konnten unmöglich begreifen, wie ein Talent, dessen Anzeichen sich in ihm einst so leuchtend offenbart hatten, so spurlos verschwinden konnte, und bemühten sich zu ergründen, wie im Menschen eine Begabung zu einer Zeit erlöschen konnte, in der er gerade die volle Entfaltung aller seiner Kräfte erreicht.

Der berauschte Künstler hörte aber von diesem Gerede nichts. Er war schon wie an Geist, so auch an Jahren gereift: er fing an dick zu werden und in die Breite zu gehen. In den Zeitungen und Zeitschriften las er schon die Epitheta: »Unser verehrter Andrej Petrowitsch, unser hochverdienter Andrej Petrowitsch.« Schon bot man ihm allerlei Ehrenämter an und lud ihn zur Teilnahme an Prüfungen und Komitees ein. Schon fing er an, wie es alle älteren Leute tun, für Raffael und die alten Meister Partei zu ergreifen, doch nicht etwa, weil er sich von ihrem hohen Werte überzeugt hätte, sondern um sie den jungen Künstlern vor die Nase zu reiben. Schon fing er an, wie es in diesem reifen Alter üblich ist, der ganzen Jugend, ohne Ausnahme, Unmoral und schlechte Gesinnung vorzuwerfen. Schon glaubte er, daß alles in dieser Welt höchst einfach geschähe, daß es eine Inspiration von oben gar nicht gäbe und daß alles dem gleichen strengen Gesetze der Ordnung und Gleichförmigkeit unterworfen werden müsse. Mit einem Worte, sein Leben erreichte schon jenes Alter, wo alles, was im Menschen drängt und atmet, zusammenschrumpft, wo die Töne des machtvollen Bogens immer schwächer in sein Inneres dringen und sich nicht mehr als gellende Töne um sein Herz winden, wo die Berührung mit der Schönheit keine jungfräulichen Kräfte mehr in Feuer und Flamme verwandelt, wo aber alle zu Asche verbrannten Gefühle dem Klirren des Goldes zugänglicher werden, seiner verlockenden Musik immer aufmerksamer lauschen und sich von ihr unmerklich einschläfern lassen. Der Ruhm kann einem, der ihn gestohlen und nicht verdient hat, keinen Genuß geben: er läßt nur einen, der seiner würdig ist, erzittern. Darum wandten sich all seine Gefühle und sein ganzes Streben dem Golde zu. Das Gold wurde ihm zur Leidenschaft, zum Ideal, zur Angst, zum Genuß, zum Ziel. Die Haufen von Banknoten in seinen Truhen wuchsen beständig, und wie jeder, dem diese schreckliche Gabe zufällt, fing er an sich zu langweilen, zu einem gegen alles außer Gold gleichgültigen, sinnlosen Geizhals und Sammler zu werden und war schon im Begriff, sich in eines jener sonderbaren Geschöpfe zu verwandeln, von denen es in unserer gefühllosen Welt so viele gibt, auf die ein lebendiger fühlender Mensch nur mit Grauen blickt und dem sie als wandelnde steinerne Särge erscheinen, die eine Leiche an Stelle eines Herzens bergen. Aber ein Ereignis erschütterte ihn mächtig und weckte alles Lebendige in ihm.

Eines Tages fand er auf seinem Tisch ein Schreiben, mit dem die Akademie der Künste ihn, als ihr würdigstes Mitglied, aufforderte, zu kommen, um ein Urteil über ein neues Werk abzugeben, das ein russischer Künstler aus Italien, wo er sich vervollkommnete, geschickt hatte. Dieser Künstler war einer seiner einstigen Kollegen, der von frühester Jugend an eine Leidenschaft für die Kunst in sich trug und sich mit der glühenden Seele eines Eiferers in sie versenkte; er hatte sich von seinen Freunden, Verwandten, von allen seinen geliebten Gewohnheiten losgerissen und war dorthin geeilt, wo unter dem schönen Himmel die großartige Pflanzstätte der Künste blüht, – in das herrliche Rom, dessen Name allein das feurige Herz eines Künstlers so voll und mächtig schlagen läßt. Dort vertiefte er sich wie ein Einsiedler in die Arbeit und ließ sich durch nichts von ihr ablenken. Er kümmerte sich nicht darum, was man von seinem Charakter sprach, von seiner Unfähigkeit, mit Menschen umzugehen, von seiner Mißachtung gegen die Sitten der Gesellschaft und von der Erniedrigung, die er der Kunst durch seinen ärmlichen, uneleganten Anzug zufügte. Er kümmerte sich nicht darum, ob ihm seine Kollegen zürnten oder nicht. Unermüdlich besuchte er die Galerien und stand stundenlang vor den Werken der großen Meister, um ihrer wunderbaren Pinselführung nachzuspüren. Er vollendete kein Werk, ohne sich zuvor vor diesen großen Lehrmeistern geprüft und aus ihren Werken einen stummen doch beredten Rat geholt zu haben. Er beteiligte sich nicht an den geräuschvollen Gesprächen und Debatten und trat weder für noch gegen die Puristen ein. Er ließ einem jeden Gerechtigkeit widerfahren und schöpfte aus allem nur das, was darin wirklich schön war; zuletzt erkor er sich den göttlichen Raffael zu seinem einzigen Lehrer, – ebenso wie ein großer Meister der Dichtkunst, der verschiedene, von vielen Vorzügen und erhabenen Schönheiten erfüllte Werke gelesen hat, zuletzt nur Homers Ilias als einziges Handbuch behält nachdem er gefunden, daß sie alles, was man nur wolle, enthalte und daß es nichts gäbe, was sich nicht schon in ihr in einer tiefen und großen Vollkommenheit widerspiegele. Dafür hatte der Künstler aus dieser Schule eine erhabene Idee des Schaffens, eine mächtige Schönheit des Denkens und eine hohe Vollkommenheit seines himmlischen Pinsels geschöpft.

Als Tschartkow in den Saal trat, traf er bereits eine Menge vor Geladenen an, die sich vor dem Bilde versammelt hatten. Ein tiefes Schweigen, wie es in einer so großen Ansammlung von Kunstkennern nur selten anzutreffen ist, herrschte diesmal im ganzen Saal. Er beeilte sich, eine vielsagende Kennermiene aufzusetzen, und näherte sich dem Bilde. Gott, was erblickte er da!

Keusch, makellos und schön wie eine Braut stand vor ihm das Kunstwerk. Bescheiden, göttlich, unschuldig und einfach wie ein Genie erhob es sich über allem. Die himmlischen Gestalten schienen, wie über die vielen auf sie gerichteten Blicke erstaunt, ihre schönen Wimpern schamhaft zu senken. Mit dem Gefühl eines unwillkürlichen Staunens betrachteten die Kenner dieses neue, nie gesehene Werk. Alles schien hier vereint: das Studium Raffaels, das sich im hohen Adel der Stellungen spiegelte, das Studium Correggios, von dem die Vollendung der Pinselführung zeugte. Mächtiger als alles sprach aber daraus die in der Seele des Künstlers selbst eingeschlossene Schöpfergabe. Auch der letzte Gegenstand im Bilde war von ihr durchdrungen; in allen Dingen war das Gesetz und die innere Kraft erfaßt; wie auch jene sanfte Rundung der Linien, die in der Natur enthalten ist und die nur das Auge des schöpferischen Künstlers erspäht, während sie beim Kopisten eckig gerät. Man sah, wie der Künstler alles, was er aus der äußeren Welt geschöpft, zuerst in seine eigene Seele eingeschlossen und dann erst dieser innersten Quelle als einen harmonischen, feierlichen Gesang hatte entsteigen lassen. Und es wurde selbst den Uneingeweihten klar, was für ein unermeßlicher Abgrund zwischen einem Kunstwerk und einer einfachen Kopie nach der Natur liegt. Es ist fast unmöglich, die ungewöhnliche Stille zu beschreiben, von der alle, die ihre Blicke auf das Bild hefteten, ergriffen waren: kein Geräusch, kein Ton; das Bild erschien aber von Minute zu Minute erhabener: immer strahlender und wunderbarer löste es sich von allem, was es umgab, los und wurde zuletzt zu einem Augenblick, zur Frucht des dem Künstler vom Himmel eingegebenen Gedankens, – zu einem Augenblick, vor dem das ganze Leben des Menschen nur als eine Vorbereitung erschien. Die Gäste, die das Bild umringten, waren dem Weinen nahe. Alle Geschmacksrichtungen, alle kühnen und gesetzwidrigen Verirrungen des Geschmacks schienen sich zu einer stummen Hymne auf das göttliche Werk zu vereinigen.

Unbeweglich, mit offenem Munde stand Tschartkow vor dem Bilde und kam erst dann wieder zu sich, als die Gäste und Kenner allmählich das Schweigen brachen, um über den hohen Wert des Werkes zu sprechen, und sich an ihn mit der Bitte wandten, seine Meinung zu äußern. Er wollte schon seine gewohnte, gleichgültige Miene aufsetzen, er wollte eine der üblichen, abgeschmackten Ansichten verhärteter Künstler zum besten geben, wie: »Ja, gewiß, man kann dem Künstler die Begabung wohl nicht absprechen; es ist schon etwas daran; man sieht, daß er etwas ausdrücken wollte; was aber die Hauptsache betrifft...« und dann selbstverständlich einiges Lob hinzufügen, das keinem Künstler wohl bekommen wäre; er wollte es tun, aber die Worte erstarben auf seinen Lippen, Tränen und Schluchzen entrangen sich ihm, und er stürzte wie ein Wahnsinniger aus dem Saal.

Eine Minute lang stand er unbeweglich und bewußtlos mitten in seinem großartigen Atelier. Sein tiefstes Wesen, sein ganzes Leben war in einem Augenblick erwacht, als wäre seine Jugend zurückgekehrt, als seien die erloschenen Funken seines Talents von neuem entfacht. Von seinen Augen fiel plötzlich die Binde. O Gott! So erbarmungslos die besten Jahre seiner Jugend zugrunde richten, den Funken des Feuers verlöschen, das vielleicht in seiner Brust geglüht hatte, das sich vielleicht jetzt in Majestät und Schönheit entwickelt und vielleicht ebensolche Tränen der Bewunderung und der Dankbarkeit hervorgerufen hätte! Dies alles zugrunde richten, ohne jedes Mitleid zugrunde richten! In diesem Augenblick schien die ganze Spannung, das ganze Streben seiner Seele, das er einst so gut gekannt hatte, wieder erwacht. Er ergriff den Pinsel und trat vor die Leinwand. Schweiß der Anstrengung trat ihm auf die Stirn; er verwandelte sich ganz in einen einzigen Wunsch, er entbrannte in einem einzigen Gedanken: er wollte einen gefallenen Engel darstellen. Dieses Thema entsprach am besten dem Zustande seiner Seele. Aber ach! Seine Figuren, Posen, Gruppierungen und Einfälle gerieten gezwungen und unharmonisch. Sein Pinsel und seine Phantasie hatten sich zu sehr in enge Grenzen eingeschlossen, und der ohnmächtige Versuch, alle Schranken und Fesseln, die er sich selbst auferlegt hatte, zu sprengen, erweckte den Eindruck von Fehlerhaftigkeit und Unnatur. Er hatte die ermüdend lange Stufenleiter der allmählich zu erwerbenden Kenntnisse und die ersten Elementargesetze der künftigen Größe mißachtet. Er fühlte Verdruß. Er ließ alle seine letzten Werke, alle die leblosen Modebildchen, die Porträts von Husaren, Damen und Staatsräten aus seinem Atelier entfernen; er schloß sich allein in seinem Zimmer ein, befahl, niemand vorzulassen und versenkte sich ganz in die Arbeit. Wie ein geduldiger Jüngling, wie ein Schüler saß er an seiner Arbeit. Aber wie grausam undankbar war alles, was unter seinem Pinsel erstand! Auf jedem Schritt hemmte ihn die Unkenntnis der ursprünglichsten Elemente; die einfache bedeutungslose Technik kühlte seinen ganzen Eifer und stand vor seiner Phantasie als eine Schwelle, die sie nicht zu übertreten vermochte. Sein Pinsel wandte sich unwillkürlich den auswendiggelernten Formen zu, die Hände falteten sich immer auf die gleiche angelernte Weise, die Köpfe wagten es nicht, eine ungewöhnliche Stellung anzunehmen, selbst die Falten der Gewänder erinnerten an angelernte Formeln und wollten sich den ihnen unbekannten Körperstellungen nicht fügen. Und all das fühlte und sah er selbst!

»Habe ich aber wirklich einmal Talent gehabt?« fragte er sich endlich: »Habe ich mich nicht getäuscht?« Mit diesen Worten ging er auf seine früheren Werke zu, die er einst so keusch, so uneigennützig, dort, in der elenden Kammer auf der entlegenen Wassiljewskij-Insel geschaffen hatte, fern von allen Menschen, frei von Überfluß und Launen. Er ging nun auf sie zu und begann sie aufmerksam zu betrachten, und zugleich mit ihnen erstand vor ihm sein ganzes früheres ärmliches Leben. »Ja«, sagte er sich verzweifelt, »ich habe wohl ein Talent gehabt! Überall, an allem sehe ich seine Anzeichen und Spuren...« Er hielt inne und erzitterte plötzlich am ganzen Leibe: seine Augen begegneten anderen Augen, die ihn regungslos anstarrten. Es war jenes ungewöhnliche Porträt, das er im Schtschukinschen Kaufhause gekauft hatte. Es war die ganze Zeit über von andern Bildern verstellt gewesen und ihm ganz aus dem Gedächtnis geschwunden. Aber jetzt, als alle die modischen Porträts und Bilder, die sein Atelier gefüllt hatten, entfernt waren, blickte es plötzlich zugleich mit den früheren Werken seiner Jugend hervor. Als er sich der ganzen sonderbaren Geschichte des Bildes erinnerte, als er sich erinnerte, daß dieses seltsame Porträt gewissermaßen die Ursache seiner Wandlung gewesen war, daß der Schatz, den er auf eine so wunderbare Weise gewonnen, in ihm alle die eitlen Regungen, die sein Talent zugrunde gerichtet, geweckt hatte, – verfiel er beinahe in Raserei. Er ließ das verhaßte Porträt augenblicklich hinaustragen. Aber die seelische Erregung wollte sich trotzdem nicht legen: alle seine Gefühle, sein ganzes Wesen waren bis auf den Grund erschüttert, und er erfuhr jene entsetzliche Qual, die in der Natur nur als erstaunliche Ausnahme vorkommt, wenn ein schwaches Talent versucht, sich in einem Werke zu äußern, das sein Können übersteigt, – jene Qual, die in der Seele des Jünglings auch Großes zeugen kann, aber in einem Manne, der die Grenze der Jugendträume überschritten hat, sich in einen fruchtlosen Durst verwandelt, – jene schreckliche Qual, die den Menschen zu schrecklichen Verbrechen fähig macht. Seiner bemächtigte sich ein schrecklicher, an Raserei grenzender Neid. Die Galle trat ihm ins Gesicht, wenn er nur ein Werk erblickte, das den Stempel eines Talents trug. Er knirschte mit den Zähnen und verzehrte es mit den Blicken eines Basilisken. In seiner Seele entstand der teuflischste Plan, den ein Mensch je gehegt hat, und er begann, ihn mit rasender Energie zu verwirklichen. Er fing an, alles Beste, was die Kunst je hervorgebracht, zusammenzukaufen. Sobald er ein gutes Bild um teures Geld erstanden, brachte er es behutsam in sein Zimmer, stürzte sich mit der Wut eines Tigers darüber, zerriß und zerschnitt es in Stücke und trat es mit den Füßen; das alles begleitete er mit einem wollüstigen Gelächter. Die zahllosen von ihm aufgespeicherten Geldmittel lieferten ihm alle Möglichkeiten, dies höllische Bedürfnis zu befriedigen. Er band alle seine Geldsäcke auf und öffnete alle seine Truhen. Kein Ungeheuer der Barbarei hat noch so viele herrliche Kunstwerke vernichtet, wie dieser wütende Rächer. Auf allen Auktionen, bei denen er erschien, mußte ein jeder jede Hoffnung auf den Erwerb eines Kunstwerkes aufgeben. Es war, als hätte der erzürnte Himmel selbst diese furchtbare Geißel in die Welt geschickt, um ihr ihre ganze Harmonie zu nehmen. Diese fürchterliche Leidenschaft verlieh ihm ein grauenhaftes Kolorit: sein Gesicht war immer gelb vor Galle. Weltverachtung und Weltverleugnung spiegelten sich in seinen Zügen. In ihm hatte sich gleichsam jener schreckliche Dämon verkörpert, den Puschkin in idealisierter Gestalt geschildert. Aus seinem Munde kam nichts als giftige Worte und ewiger Tadel. Er glich einer Harpyie, und wenn ihn jemand, selbst einer von seinen Bekannten, auf der Straße von weitem erblickte, so beeilte er sich, ihm aus dem Wege zu gehen und behauptete, daß eine solche Begegnung genüge, um einem Menschen den ganzen Tag zu vergiften.

Zum Glück für die Welt und für die Kunst konnte solch ein gespanntes und gewalttätiges Leben nicht lange dauern: das Maß der Leidenschaften war für seine schwachen Kräfte zu unregelmäßig und kolossal. Anfälle von Raserei und Wahnsinn kamen immer öfter, und schließlich wurde das alles zu einer schrecklichen Krankheit. Ein grausames Fieber, mit galoppierender Schwindsucht vereint, fiel so heftig über ihn her, daß von ihm schon nach drei Tagen nur ein Schatten übrigblieb. Dazu gesellten sich auch alle Anzeichen eines hoffnungslosen Irrsinns. Manchmal konnten ihn selbst mehrere Männer nicht festhalten. Die längstvergessenen, lebendigen Augen des ungewöhnlichen Porträts schwebten ihm immer öfter vor, und dann wurde seine Raserei ganz entsetzlich. Alle, die sein Krankenlager umstanden, erschienen ihm als grauenhafte Porträts. Das Porträt verdoppelte, vervierfachte sich vor seinen Augen; alle Wände schienen mit Porträts bedeckt zu sein, die in ihn ihre unbeweglichen, lebendigen Augen bohrten; schreckliche Porträts blickten von der Decke und vom Boden: das Zimmer dehnte und verlängerte sich in die Unendlichkeit, um möglichst viel dieser unbeweglichen Augen fassen zu können. Der Arzt, der sich verpflichtet hatte, ihn zu behandeln, und der schon einiges von seiner seltsamen Geschichte gehört hatte, gab sich alle Mühe, den geheimen Zusammenhang zwischen den Gespenstern, die jener sah, und den Ereignissen seines Lebens zu ergründen, brachte es aber nicht fertig. Der Kranke begriff und fühlte nichts außer seinen Qualen und gab nur schreckliche Schreie und unverständliche Worte von sich. Endlich riß sein Lebensfaden in einem letzten, bereits lautlosen Schmerzensausbruch. Der Anblick seiner Leiche war schrecklich. Von seinen großen Reichtümern konnte man nichts finden; als man aber die zerschnittenen Stücke der erhabenen Kunstwerke, deren Wert Millionen überstieg, fand, begriff man, was er für einen entsetzlichen Gebrauch von ihnen gemacht hatte.

Eine Menge von Equipagen, Droschken und Kutschen stand vor der Einfahrt des Hauses, in dem die Auktion des Nachlasses eines jener reichen Kunstliebhaber stattfand, die, von Zephiren und Amoretten umschwebt, ihr ganzes Leben im süßen Schlummer verbracht und ohne ihr Dazutun den Ruhm von Mäzenen erworben haben, indem sie dazu in einfältigster Weise die Millionen verwandten, die ihre solideren Väter und oft sogar sie selbst durch frühere Arbeit angesammelt hatten. Solche Mäzene gibt es heute bekanntlich nicht mehr, und unser neunzehntes Jahrhundert hat schon längst die langweilige Physiognomie eines Bankiers angenommen, der seine Millionen nur in Gestalt einer auf dem Papiere stehenden Reihe von Ziffern genießt. Der lange Saal war von einer sehr bunten Menge von Besuchern gefüllt die wie die Raubvögel zu einem unbeerdigten Leichnam zusammengeflogen waren. Hier sah man eine ganze Flottille russischer Händler aus dem großen Kaufhause und selbst vom Trödelmarkte in blauen deutschen Röcken. Ihr Aussehen und Gesichtsausdruck waren hier viel sicherer und freier und hatte nichts von der süßlichen Dienstfertigkeit, die der russische Kaufmann stets in seinem Laden vor dem Kunden zeigt. Hier achteten sie gar nicht auf ihre gesellschaftliche Stellung, obwohl sich im gleichen Saale eine Menge von den Aristokraten befanden, vor denen sie an einem andern Orte bereit wären, mit ihren Bücklingen den Staub abzuwischen, den sie mit ihren eigenen Stiefeln hereingetragen. Hier gaben sie sich ganz ungezwungen, betasteten ohne Umstände die Bücher und Bilder, um sich von der Güte der Ware zu überzeugen, und überboten kühn die Preise, die die gräflichen Kenner nannten. Hier waren auch viele von den obligaten Liebhabern, die jeden Morgen statt des Frühstücks eine Auktion genießen; aristokratische Kenner, die es für ihre Pflicht halten, keine Gelegenheit vorbeigehen zu lassen, um ihre Sammlung zu vergrößern und die in der Zeit zwischen zwölf und eins nichts anderes zu tun haben; schließlich jene adligen Herren, deren Kleider und Geldmittel gleich gering sind und die täglich ohne jede eigennützige Absicht herkommen, einzig um zu sehen, wie die Sache endet, wer mehr und wer weniger bietet, wer wen überbietet und wem was zufällt. Eine Menge von Bildern stand ohne jede Ordnung umher; dazwischen gab es auch Möbel und Bücher mit dem Monogramm ihres einstigen Besitzers, der vielleicht gar nicht das lobenswerte Interesse gehabt hatte, in sie hineinzublicken. Chinesische Vasen, marmorne Tischplatten, neue und alte Möbel mit geschwungenen Linien, mit Greifen, Sphinxen und Löwentatzen, vergoldete und nicht vergoldete Lüster und Lampen, – alles war hier durcheinandergeworfen ohne die Ordnung, in der man diese Sachen in Kaufläden stehen sieht. Alles bildete ein Chaos der Künste. Das Gefühl, das wir beim Anblick einer Auktion empfinden, ist überhaupt beklemmend: sie gemahnt uns irgendwie an eine Beerdigung. Der Saal, in dem die Auktion stattfindet, ist immer düster; die von Möbeln und Bildern verstellten Fenster lassen nur spärliches Licht eindringen; das Schweigen, in dem alle Gesichter erstarrt sind, die Grabesstimme des Auktionators, der mit seinem Hammer klopft und eine Totenmesse für die hier auf eine so sonderbare Weise zusammengeratenen Künste zelebriert, – dies alles scheint den so unangenehmen Eindruck noch zu verstärken.

Die Auktion schien im vollen Gange. Eine ganze Menge anständiger Menschen drängte sich dicht zusammen und tat sehr geschäftig. Die Rufe: »Noch ein Rubel! Noch ein Rubel! Noch ein Rubel!«, die von allen Seiten tönten, ließen dem Auktionator keine Zeit, die schon vervierfachten Preise auszurufen. Die Menge ereiferte sich wegen eines Porträts, das die Aufmerksamkeit aller, die nur etwas Verständnis für die Malerei hatten, fesseln mußte. Die hohe Meisterschaft des Malers kam darin unzweifelhaft zum Ausdruck. Das Porträt war offenbar schon einigemal restauriert worden und stellte die dunklen Züge eines Asiaten in weitem Gewände, mit einem ungewöhnlichen, sonderbaren Gesichtsausdruck dar; am meisten staunten aber alle, die sich um das Porträt drängten, über die ungewöhnliche Lebendigkeit der Augen. Je länger man sie ansah, um so tiefer schienen sie einem ins Innere zu blicken. Diese Eigentümlichkeit, dieser ungewöhnliche Kunstgriff des Malers fesselte die Aufmerksamkeit fast aller. Viele von den Bewerbern waren schon zurückgetreten, weil der Preis ganz ungeheuerlich hinaufgetrieben worden war. Zuletzt blieben nur zwei Aristokraten, bekannte Kunstliebhaber, übrig, von denen keiner auf eine solche Erwerbung verzichten wollte. Sie ereiferten sich und hätten den Preis wohl wahnwitzig hinaufgetrieben, wenn nicht plötzlich einer von den Betrachtern die Worte gesprochen hätte: »Gestatten Sie mir, daß ich Ihren Streit für eine Weile unterbreche: vielleicht habe ich mehr als irgend jemand Anrecht auf die Erwerbung dieses Porträts.«

Diese Worte lenkten sofort die Aufmerksamkeit aller auf den Sprechenden. Es war ein schlanker junger Mann von etwa fünfunddreißig Jahren, mit langen schwarzen Locken. Sein angenehmes, von einer heiteren Sorglosigkeit erfülltes Gesicht spiegelte eine Seele wider, der alle Aufregungen der großen Welt fern waren; seine Kleidung erhob keinerlei Anspruch auf Mode: alles zeugte von einem Künstler. Es war in der Tat der Maler B., den viele von den Anwesenden persönlich kannten.

»Wie seltsam Ihnen meine Worte auch erscheinen mögen«, fuhr er fort, als er die auf ihn gerichtete allgemeine Aufmerksamkeit sah, – »werden Sie, wenn Sie sich entschließen, meine kurze Geschichte anzuhören, vielleicht doch einsehen, daß ich wohl das Recht hatte, sie zu sprechen. Alles bestärkt mich in der Gewißheit, daß dieses Porträt dasselbe ist, das ich suche.«

Eine durchaus natürliche Neugierde leuchtete in fast allen Augen auf, und der Auktionator selbst hielt mit dem Hammer in der erhobenen Hand inne und schickte sich an, zuzuhören. Zu Beginn der Erzählung wandten viele ihre Blicke unwillkürlich dem Porträt zu, hefteten sie aber dann auf den Erzähler allein, in dem Maße, als seine Erzählung immer fesselnder wurde.

»Sie kennen den Stadtteil, den man Kolomna nennt«, so begann er die Erzählung. »Hier ist alles ganz anders als in den anderen Teilen Petersburgs: hier ist weder Hauptstadt noch Provinz. Wenn man in die Straßen von Kolomna kommt, glaubt man zu fühlen, wie man von allen jugendlichen Wünschen und Bestrebungen verlassen wird. Die Zukunft blickt hier nicht herein, hier ist alles still und außer Dienst, – hier sammelt sich der Niederschlag der Brandung der Hauptstadt. Hierher ziehen verabschiedete Beamte, Witwen, unbemittelte Menschen, die angenehme Beziehungen zum Senat unterhalten und sich daher selbst zum ständigen Aufenthalt in Kolomna verurteilt haben; Köchinnen außer Dienst, die sich den ganzen Tag auf den Märkten drängen, allerlei Unsinn mit dem Krämer im kleinen Laden zusammenschwatzen und jeden Tag für fünf Kopeken Kaffee und für vier Kopeken Zucker einkaufen; schließlich die ganze Kategorie von Menschen, die man mit dem Worte ›aschgrau‹ bezeichnen kann; Menschen, deren Kleidung, Gesichter, Haare und Augen eine trübe aschgraue Färbung haben, wie ein Tag, der weder stürmisch, noch heiter, sondern weder das eine noch das andere ist: ein Nebel senkt sich herab und nimmt allen Gegenständen die Konturen. Hierher sind auch verabschiedete Theaterdiener, verabschiedete Titularräte, verabschiedete Marssöhne mit einem ausgestochenen Auge und geschwollenen Lippen zu zählen. Diese Menschen sind absolut leidenschaftslos: sie gehen einher, ohne etwas anzuschauen, und schweigen, ohne an etwas zu denken. Sie haben in ihren Behausungen nicht viele Sachen stehen; ihre ganze Habe besteht oft aus einer Flasche reinen russischen Schnapses, den sie den ganzen Tag ununterbrochen saufen, ohne daß er ihnen in den Kopf steigt, welches Vergnügen sich an Sonntagen die jungen deutschen Handwerker leisten, diese Studenten der Mjeschtschanskaja-Straße, die allein über das ganze Trottoir herrschen, wenn Mitternacht vorüber ist. Das Leben in Kolomna ist still; nur selten sieht man hier eine Equipage fahren, höchstens eine mit Schauspielern, die allein durch ihr Gepolter und Gerassel die allgemeine Stille stört. Hier gehen alle zu Fuß; die Droschkenkutscher fahren oft ohne Fahrgäste mit einer Ladung Heu für ihre zottigen Mähren. Eine Wohnung kann man hier schon für fünf Rubel im Monat finden, sogar mit Morgenkaffee. Die Witwen, die von der Pension leben, bilden die hiesige Aristokratie; sie führen sich anständig auf, kehren ihre Stuben oft und unterhalten sich mit ihren Freundinnen über die hohen Fleisch-und Kohlpreise; sie haben oft eine junge Tochter bei sich, ein schweigsames, stilles, manchmal anmutiges Geschöpf, ein ekelhaftes Hündchen und eine Wanduhr mit einem traurig tickenden Pendel. Dann kommen die Schauspieler, denen ihr Gehalt nicht erlaubt, in einen anderen Stadtteil zu ziehen, ein freies Volk, das wie alle Künstler, nur dem Genuß lebt. So ein Schauspieler sitzt im Schlafrock da, repariert eine Pistole, klebt aus Pappe allerlei im Haushalt nützliche Sächelchen, spielt mit einem Freunde, der ihn besucht, Dame oder Karten und verbringt damit den ganzen

Vormittag; ebenso verbringt er auch den Abend, nur daß er sich am Abend manchmal auch noch einen Punsch leistet. Nach diesen Aristokraten und großen Tieren von Kolomna folgt ein ungewöhnlich niedriges Gesindel. Es ist ebenso schwer alle diese Leute zu nennen, wie die Lebewesen aufzuzählen, die in altem Essig keimen. Es gibt hier alte Weiber, welche beten; alte Weiber, welche saufen; alte Weiber, welche zugleich beten und saufen; alte Weiber, die sich auf eine unerklärliche Weise durchschlagen, die wie Ameisen Bündel alter Lumpen und Wäsche von der Kalinkin-Brücke zum Trödelmarkt schleppen, nur um sie dort für fünfzehn Kopeken zu verkaufen; mit einem Worte, die unglücklichste Hefe der Menschheit, deren Lage zu verbessern selbst der wohltätigste Volkswirtschaftler keine Mittel wüßte.

Ich habe alle diese Leute aufgezählt, um Ihnen zu zeigen, wie oft diese Leute in die Lage kommen, rasche, zeitweilige Hilfe zu suchen und Anleihen machen zu müssen; darum lassen sich unter ihnen Wucherer eigener Art nieder, die ihnen kleine Darlehen gegen Pfand und hohe Zinsen geben. Diese kleinen Wucherer sind oft unvergleichlich gefühlloser als die großen, weil sie ihre Tätigkeit unter lauter Bettlern, die ihre Lumpen offen zur Schau tragen, ausüben, welche ein reicher Wucherer, der nur mit Leuten, die ihn in Equipagen besuchen, zu tun hat; nie zu Gesicht bekommt. Darum erstarb in ihren Herzen allzufrüh jedes menschliche Gefühl. Unter diesen Wucherern gab es einen... aber ich muß vorausschicken, daß die Geschichte, die ich Ihnen erzähle, ins vergangene Jahrhundert, und zwar in die Regierungszeit der verstorbenen Kaiserin Katharina II. gehört. Sie können sich selbst denken, daß das Aussehen und das innere Leben von Kolomna sich inzwischen erheblich verändert haben müssen. Unter den Wucherern gab es also einen, ein in allen Beziehungen ungewöhnliches Geschöpf, das sich in diesem Stadtteile schon seit langer Zeit niedergelassen hatte. Er kleidete sich in weite asiatische Gewänder; seine dunkle Gesichtsfarbe zeugte von seiner südlichen Herkunft; welcher Nation er aber angehörte, ob er ein Inder, Grieche oder Perser war, das wußte niemand sicher. Der fast ungewöhnlich hohe Wuchs, das dunkle, hagere, sonnenverbrannte Gesicht von einer unergründlich unheimlichen Farbe, die großen, ungewöhnlich brennenden Augen, die überhängenden dichten Brauen unterschieden ihn scharf und kraß von allen aschgrauen Bewohnern der Hauptstadt. Selbst seine Behausung glich gar nicht den kleinen hölzernen Häusern. Es war ein steinerner Bau von der Art, wie sie einst die genuesischen Kaufleute in großer Menge errichteten, mit unregelmäßigen Fenstern verschiedener Größe und eisernen Läden und Riegeln. Dieser Wucherer unterschied sich von allen anderen schon dadurch, daß er imstande war, einem jeden, vom ärmsten alten Weibe bis zum verschwenderischen Höfling, jede beliebige Summe zu verschaffen. Vor seinem Hause erschienen oft die glänzendsten Equipagen, aus denen manchmal der Kopf einer eleganten Weltdame herausblickte. Das Gerücht behauptete natürlich, daß seine eisernen Truhen ungezählte Haufen von Geld, Wertsachen, Brillanten und allerlei Pfänder erthielten, daß ihm aber die Habgier, die die anderen Wucherer auszeichne, fremd sei. Er gab das Geld gern her, teilte die Zahlungstermine scheinbar günstig ein, ließ aber die Zinsen mittels sonderbarer arithmetischer Operationen in eine schwindelhafte Höhe steigen. Das behauptete wenigstens das Gerücht. Was aber am seltsamsten war und viele in Erstaunen setzen mußte, war das sonderbare Schicksal aller, die von ihm Geld erhielten; sie beschlossen alle ihr Leben auf eine elende Weise. Ob es bloß die allgemeine Meinung der Menschen war, ein dummes abergläubisches Geschwätz, oder ein mit Absicht verbreitetes Gerücht, – das blieb unbekannt. Aber einige Fälle, die sich in kurzer Zeit vor den Augen aller abspielten, waren allen gegenwärtig und verblüffend.

Unter den damaligen Aristokraten fiel besonders ein Jüngling aus bester Familie auf, der sich schon in jungen Jahren im Staatsdienste ausgezeichnet hatte, ein leidenschaftlicher Verehrer alles Wahren und Erhabenen, ein Eiferer für alles, was die Kunst und der Geist des Menschen gezeugt haben, ein künftiger Mäzen. Er wurde bald auch von der Kaiserin nach Verdienst ausgezeichnet, die ihn mit einem wichtigen Posten betraute, der durchaus seinen eigenen Anforderungen entsprach, – einem Posten, in dem er für die Wissenschaften und für alles Gute viel tun konnte. Der junge Würdenträger umgab sich mit Künstlern, Dichtern und Gelehrten. Er wollte allen Arbeit geben, alle fördern. Er unternahm auf eigene Kosten eine Menge nützlicher Veröffentlichungen, vergab eine Menge von Aufträgen, schrieb verschiedene Preise aus, verausgabte für diese Zwecke einen Haufen von Geld und geriet schließlich in Schwierigkeiten. Von großmütigem Streben erfüllt, wollte er sein Werk jedoch nicht aufgeben und suchte überall nach Darlehen; schließlich wandte er sich an den uns bekannten Wucherer. Nachdem er von ihm ein bedeutendes Darlehen erhalten, veränderte sich dieser junge Mensch in kürzester Zeit: er wurde zum Unterdrücker und Verfolger aller aufstrebenden Geister und Talente. In allen Werken sah er nur die Schattenseiten und mißdeutete jedes Wort. Unglücklicherweise brach gerade die Französische Revolution aus. Das diente ihm als Vorwand zu allerlei Gemeinheiten. Er fing an, in allen Dingen eine revolutionäre Gesinnung zu sehen und überall Anspielungen zu wittern. Er wurde so argwöhnisch, daß er zuletzt sich selbst verdächtigte; er schenkte jeder schrecklichen, ungerechten Denunziation Gehör und machte eine Menge von Menschen unglücklich. Selbstverständlich mußten solche Handlungen schließlich auch dem Throne bekannt werden. Die großmütige Kaiserin entsetzte sich und sprach, vom Edelmut, der die Träger der Krone ziert, beseelt, Worte, die uns zwar nicht genau überliefert werden konnten, deren tiefster Sinn sich aber den Herzen vieler eingeprägt hatte. Die Kaiserin bemerkte, da es nicht die monarchische Regierung sei, die die hohen und edlen Seelenregungen und die Schöpfungen des Geistes, der Dichtung und der Künste unterdrücke und verfolge; daß vielmehr die Monarchen allein ihre Beschützer gewesen seien; daß die Shakespeares und Molières sich ihres hochherzigen Schutzes erfreut hätten; während Dante in seiner republikanischen Heimat kein Obdach hätte finden können; daß die wahren Genies stets in den Perioden des Glanzes und der Macht der Staaten und der Herrscher aufgekommen seien, nicht aber in den Zeiten häßlicher politischer Erscheinungen und republikanischer Schreckensherrschaft, die der Welt noch keinen einzigen wahren Dichter geschenkt habe; daß man die Dichter und Künstler auszeichnen müsse, weil sie doch nur Ruhe und den schönsten Frieden den Seelen einflößten, nicht aber Aufruhr und Murren; daß die Gelehrten, Dichter und alle schaffenden Künstler Perlen und Diamanten in der kaiserlichen Krone seien: sie schmücken und erleuchten das Zeitalter des großen Fürsten. Mit einem Worte, die Kaiserin, die diese Worte sprach, war in jenem Augenblick von einer göttlichen Schönheit. Ich erinnere mich, daß die alten Leute davon nicht ohne Tränen sprechen konnten. Alle zeigten große Teilnahme für den ungewöhnlichen Fall. Zur Ehre unseres Volkes muß bemerkt werden, daß dem russischen Herzen stets die Neigung innewohnt, die Partei des Unterdrückten zu ergreifen. Der Würdenträger, der das ihm geschenkte Vertrauen mißbraucht hatte, wurde exemplarisch bestraft und seines Postens enthoben. Aber eine weit strengere Strafe las er in den Mienen seiner Mitbürger: es war eine entschiedene und allgemeine Verachtung. Es läßt sich gar nicht sagen, wie schwer seine ehrgeizige Seele darunter litt: Stolz, gekränkte Eigenliebe, zusammengestürzte Hoffnungen, – alles hatte sich vereinigt, und sein Lebensfaden riß unter Anfällen eines schrecklichen Wahnsinns.

Ein anderer erstaunlicher Fall spielte sich auch vor aller Augen ab: unter den Schönen, an denen unsere nordische Hauptstadt damals gar nicht arm war, übertraf eine alle die anderen. Es war eine eigenartig herrliche Verbindung unserer nordischen Schönheit mit der Schönheit des Südens,– ein Diamant, wie man ihn nur selten findet. Mein Vater pflegte zu sagen, er hätte in seinem Leben niemals etwas Ähnliches gesehen. Alles schien sich in ihr vereinigt zu haben: Reichtum, Geist und seelische Schönheit. Eine Menge von Bewerbern umschwärmte sie, und unter diesen fiel besonders der Fürst R. auf, der edelste und beste von allen jungen Leuten, der schönste von Angesicht wie auch von ritterlicher Gesinnung, das hohe Ideal der Romane und der Frauen. Ein Grandison in jeder Beziehung. Fürst R. war leidenschaftlich, wahnsinnig verliebt; eine gleiche Liebe wurde ihm auch von ihr entgegengebracht. Aber ihren Verwandten kam die Partie unpassend vor. Die Erbgüter des Fürsten gehörten ihm schon längst nicht mehr, die Familie war in Ungnade, und die schlechte Vermögenslage war allen bekannt. Plötzlich verläßt der Fürst die Hauptstadt, um seine Verhältnisse in Ordnung zu bringen, und kehrt nach kurzer Zeit von einem unerhörten Reichtum und Glanz umgeben zurück. Die glänzenden Bälle und Feste, die er gibt, erregen selbst bei Hofe Aufsehen. Der Vater der Schönen schenkt ihm seine Huld, und die Stadt erlebt die interessanteste Hochzeit. Woher diese Wandlung und der unerhörte Reichtum des Bräutigams kamen, vermochte niemand zu erklären; aber man erzählte sich, daß er irgendein Abkommen mit dem rätselhaften Wucherer getroffen und von ihm ein größeres Darlehen bekommen habe. Wie dem auch war, die ganze Stadt interessierte sich für diese Hochzeit, und Braut und Bräutigam wurden zum Gegenstand des allgemeinen Neides. Allen war ihre glühende, treue Liebe bekannt, die langen Qualen, die sie zu erdulden gehabt hatten, und die hohen Vorzüge der beiden. Heißblütige Frauen malten sich im voraus die paradiesischen Wonnen aus, die die jungen Gatten genießen sollten. Es kam aber alles anders. In einem Jahre geschah im Gatten eine schreckliche Wandlung. Sein bis dahin so edler und schöner Charakter wurde auf einmal von argwöhnischer Eifersucht, von Unduldsamkeit und ewigen Launen vergiftet. Er wurde zum Tyrannen und Peiniger seiner Frau und ließ sich sogar, was niemand vorausgesehen hätte, zu den unmenschlichsten Handlungen und selbst Schlägen herbei. Nach einem Jahre schon hätte niemand die Frau wiedererkennen können, die noch vor kurzem so geglänzt und ganze Scharen ergebener Verehrer angezogen hatte. Endlich hatte sie nicht mehr die Kraft, das schwere Los länger zu tragen, und brachte selbst die Rede auf Scheidung. Der Mann geriet schon beim bloßen Gedanken daran in Raserei. Im ersten Wutausbruch stürzte er mit einem Messer in der Hand in ihr Zimmer und hätte sie zweifellos erstochen, wenn man ihn nicht rechtzeitig ergriffen und daran gehindert hätte. Im Anfalle von Wut und Verzweiflung wandte er nun das Messer gegen sich selbst und beschloß sein Leben in den schrecklichsten Qualen.

Außer diesen beiden Fällen, die sich vor den Augen der ganzen Gesellschaft zugetragen hatten, berichtete man noch von einer ganzen Reihe anderer, die sich in den niederen Gesellschaftsschichten abgespielt und die fast alle ebenso entsetzlich geendet hatten. In einem Falle war ein ehrlicher nüchterner Mensch zu einem Trunkenbold geworden; in einem anderen begann ein Kaufmannsgehilfe seinen Herrn zu bestehlen; in einem dritten erstach ein Fuhrmann, der diesen Beruf einige Jahre ehrlich ausgeübt hatte, wegen eines Groschens seinen Fahrgast. Selbstverständlich hatten alle solche Erzählungen, die oft nicht ohne Übertreibungen wiedergegeben wurden, den bescheidenen Bewohnern von Kolomna eine unwillkürliche Angst eingejagt. Niemand zweifelte, daß in diesem Menschen ein unsauberer Geist wohnte. Man erzählte sich, daß er solche Bedingungen stellte, vor denen einem die Haare zu Berge stiegen und die keiner der Unglücklichen einem andern mitzuteilen wagte; daß sein Geld die Hand verbrenne, von selbst glühend werde und mit irgendwelchen seltsamen Zeichen versehen sei... mit einem Worte, es gab über ihn eine Menge unsinniger Gerüchte. Es ist bemerkenswert, daß die ganze Bevölkerung von Kolomna, diese ganze Welt der armen alten Frauen, kleinen Beamten, kleinen Schauspieler und der übrigen kleinen Leute, die wir eben aufgezählt haben, es vorzog, die bitterste Not zu leiden, als sich an den schrecklichen Wucherer zu wenden; man fand sogar verhungerte alte Frauen auf, die es vorgezogen hatten, ihr Fleisch zu töten, als ihre Seelen zu verderben. Wenn man ihm auf der Straße begegnete, empfand man ein unwillkürliches Grauen. Die Fußgänger wichen vorsichtig zurück und sahen sich dann noch mehrmals nach ihm um, seine in der Ferne verschwindende unglaublich hohe Gestalt mit den Augen verfolgend. Schon in seinem Äußeren lag so viel Ungewöhnliches, daß ihm ein jeder unwillkürlich eine übernatürliche Existenz zuschrieb. Diese starken Züge, so tief wie bei keinem anderen Menschen eingemeißelt; diese glühende, bronzene Gesichtsfarbe; diese ungewöhnlich buschigen Augenbrauen, die unerträglichen schrecklichen Augen, selbst die weiten Falten seines asiatischen Gewandes, – alles schien zu sagen, daß vor den Leidenschaften, die diesen Körper bewegten, alle Leidenschaften der anderen Menschen verblaßten. Mein Vater blieb regungslos stehen, sooft er ihm begegnete, und konnte sich niemals der Worte enthalten: ›Der Teufel, der leibhaftige Teufel!‹ Aber ich muß Sie jetzt schnell mit meinem Vater bekannt machen, der nebenbei bemerkt die Hauptperson in meiner Geschichte ist.

Mein Vater war ein in vielen Beziehungen merkwürdiger Mensch. Er war ein Maler, wie es ihrer wenige gibt, eines der Wunder, wie sie nur dem jungfräulichen Schoße Rußlands entstammen, ein Autodidakt, der ganz von selbst, ohne Schule und Lehrer, in seiner Seele alle Gesetze und Regeln gefunden hatte, nur vom Drange nach Vervollkommnung beseelt, ein Mensch, der aus Gründen, die ihm selbst vielleicht unbekannt waren, nur den einen, ihm von seiner Seele gewiesenen Weg ging; eines jener ursprünglichen Wunder, die die Zeitgenossen oft mit dem verletzenden Wort ›Ignorant‹ titulieren und die, ohne sich durch die Beschimpfungen und die eigenen Mißerfolge abkühlen zu lassen, immer neuen Eifer und neue Kräfte finden und sich in ihrer Seele weit von den Werken entfernen, die ihnen den Titel ›Ignorant‹ einbrachten. Durch einen hochentwickelten inneren Instinkt fühlte er in jedem Gegenstand den ihm innewohnen-den Gedanken – er erfaßte ganz von selbst den wahren Sinn des Wortes ›Historienmalerei‹; er begriff, warum ein einfacher Kopf, ein einfaches Porträt Raffaels, Lionardos, Tizians oder Cor-reggios als Historienmalerei gelten dürfe und warum manches Riesengemälde mit historischem Inhalt ein bloßes ›tableau de genre‹ sei, trotz aller Ansprüche des Malers auf Historie. Sein inneres Gefühl wie auch seine eigene Überzeugung ließen seinen Pinsel sich christlichen Su-jets zuwenden, der höchsten und letzten Stufe des Erhabenen. Er kannte weder Ehrgeiz noch Reizbarkeit, die den Charakter so vieler Maler auszeichnen. Er war ein fester Charakter, ein ehrlicher, offener Mensch, äußerlich etwas grob, auch nicht ohne Stolz, und urteilte über alle Menschen zugleich milde und streng. ›Was soll ich mich um sie kümmern?‹ pflegte er zu sa-gen: ›Ich arbeite ja nicht für sie. Ich werde meine Werke nicht in den Salon tragen. Wer mich versteht, der wird mir danken, und wer mich nicht versteht, der wird vor dem Bilde auch so zu Gott beten. Man darf einem Menschen aus der vornehmen Gesellschaft nicht vorwerfen, daß er nichts von Malerei versteht: dafür versteht er sich auf Karten, auf guten Wein und auf Pferde; was braucht so ein vornehmer Herr noch mehr zu verstehen? Wenn er von solchen Dingen ko-stet und dann zu klügeln anfängt, so wird er erst recht unangenehm werden! Jedem das Seine, möge sich jeder mit seinen Sachen beschäftigen. Was mich betrifft, so ist mir ein Mensch, der offen erklärt, daß er gar nichts versteht, lieber als einer, der heuchelt und behauptet, Dinge zu verstehen, die er nicht versteht, und nur alles verdirbt und verunreinigt.‹ Er arbeitete gegen eine bescheidene Bezahlung, das heißt gegen eine, die ihm gerade noch ausreichte, um seine Familie zu ernähren und seine eigene Arbeitskraft zu erhalten. Außerdem verweigerte er niemals einem anderen Künstler die Hilfe; er hatte noch den einfachen, frommen Glauben seiner Vorfahren, und vielleicht darum erschien in den von ihm gemalten Antlitzen von Heiligen ganz von selbst jener erhabene Ausdruck, den selbst manche glänzende Talente nicht zu erreichen vermögen. Schließlich errang er durch seine beharrliche Arbeit und das Festhalten am Wege, den er sich selbst vorgezeichnet, auch die Achtung derjenigen, die ihn einen Ignoranten und einen haus-backenen Autodidakten nannten. Er bekam fortwährend Aufträge, Kirchenbilder zu malen, und die Arbeit riß bei ihm niemals ab. Eine dieser Arbeiten fesselte ihn ganz besonders. Ich kann mich an das Sujet nicht mehr genau erinnern, ich weiß nur, daß auf dem Bilde der Geist der Finsternis dargestellt werden sollte. Lange überlegte er sich, welche Gestalt ihm zu geben sei: er wollte in seinem Gesicht alles Schwere und den Menschen Bedrückende verkörpern. Während solcher Überlegungen ging ihm zuweilen die Gestalt des geheimnisvollen Wucherers durch den Sinn, und er dachte sich unwillkürlich: ›Der wäre doch das beste Modell für den Teufel!‹ Stellen Sie sich nun sein Erstaunen vor, als eines Tages, während er in seinem Atelier arbeitete, an die Tür geklopft wurde und der schreckliche Wucherer bei ihm eintrat. Er fühlte, wie ein Zittern durch seinen ganzen Körper lief.

›Bist du Maler?‹ fragte jener ganz ohne Umstände.

›Ja, ich bin Maler‹, antwortete mein Vater verdutzt und wartete, was nun kommen würde.

›Gut. Male mein Porträt. Vielleicht werde ich bald sterben, und Kinder habe ich nicht; aber ich will nicht ganz sterben, ich will leben. Kannst du mein Porträt so malen, daß es wie le-bendig wäre?‹

Mein Vater dachte sich: ›Was kann ich mir Besseres wünschen? Er will mir selbst für den Teufel auf meinem Bilde sitzen.‹ Er versprach es ihm. Sie einigten sich über die Zeit und den Preis, und schon am nächsten Tage nahm mein Vater Palette und Pinsel und begab sich zu ihm. Der von hohen Mauern eingefaßte Hof, Hunde, eiserne Türen und Riegel, bogenförmige Fenster, mit merkwürdigen Teppichen bedeckte Truhen und schließlich auch der sonderbare Hausherr selbst, der sich vor ihm unbeweglich hinsetzte, – das alles machte auf meinen Vater einen seltsamen Eindruck. Die Fenster waren wie absichtlich unten so verstellt und verbarrikadiert, daß das Licht nur von oben hereindrang. ›Hol's der Teufel, wie gut ist jetzt sein Gesicht beleuchtet!‹ sagte sich mein Vater und begann mit Gier zu malen, als fürchte er, daß die günstige Beleuchtung verschwinden könne. ›Diese Kraft!‹ sagte er vor sich hin: ›Wenn ich ihn auch nur halb so ähnlich darstelle, wie ich ihn jetzt sehe, so erschlägt er alle meine Heiligen und Engel: sie werden vor ihm erblassen. Diese teuflische Kraft! Er wird mir einfach aus der Leinwand springen, wenn ich der Natur auch nur ein wenig treu bleibe. – Was für ungewöhnliche Züge!‹ wiederholte er fortwährend vor sich hin, seinen Eifer verdoppelnd, und schon sah er einige der Züge auf der Leinwand erstehen. Je mehr er sich ihnen aber näherte, ein um so schwereres, bangeres Gefühl, das ihm selbst unverständlich war, bemächtigte sich seiner. Aber er nahm sich doch vor, jeden noch so unmerklichen Zug und Ausdruck zu verfolgen. Vor allem machte er sich an die Ausarbeitung der Augen. In diesen Augen lag so viel Kraft, daß es zunächst undenkbar schien, sie so wiederzugeben, wie sie in der Natur waren. Aber er entschloß sich, koste es, was es wolle, in ihnen jeden feinsten Strich und Ton aufzuspüren, ihr Geheimnis zu ergründen…Kaum hatte er aber angefangen, sich in sie mit seinem Pinsel zu vertiefen, als in seiner Seele ein so seltsamer Abscheu, ein so unerklärliches drückendes Gefühl erwachte, daß er den Pinsel für eine Weile weglegen mußte, ehe er weitermalen konnte. Schließlich konnte er es nicht mehr ertragen: er fühlte, wie sich diese Augen in seine Seele bohrten und in ihr eine unfaßbare Unruhe weckten. Am zweiten und am dritten Tage war dieses Gefühl noch schrecklicher. Es wurde ihm unheimlich zumute. Er warf den Pinsel weg und sagte sehr entschieden, daß er nicht weitermalen könne. Man muß gesehen haben, wie sich der schreckliche Wucherer bei diesen Worten veränderte. Er fiel meinem Vater zu Füßen und flehte ihn an, das Porträt zu vollenden, indem er sagte, daß davon sein Schicksal und sein Dasein in der Welt abhänge; daß mein Vater mit seinem Pinsel schon seine lebendigen Züge erfaßt habe; daß, wenn er sie treu wiedergeben würde, sein Leben durch eine übernatürliche Kraft im Bilde festgehalten sein werde; daß er dann nicht ganz sterben werde; daß er noch länger in der Welt bleiben müsse. Mein Vater fühlte Grauen: diese Worte erschienen ihm so seltsam und schrecklich, daß er Pinsel und Palette wegwarf und Hals über Kopf aus dem Zimmer stürzte.

Die Erinnerung daran peinigte ihn den ganzen Tag und die ganze Nacht, am Morgen bekam er aber vom Wucherer das Porträt zurück; eine Frau, das einzige Wesen, das bei ihm diente, brachte es ihm; sie erklärte, daß ihr Herr das Porträt weder haben noch bezahlen wolle und es meinem Vater zurückschicke. Am Abend des gleichen Tages erfuhr mein Vater, daß der Wucherer gestorben war und daß man Anstalten machte, ihn nach den Gebräuchen seiner Religion zu beerdigen. Das alles kam ihm unbegreiflich und seltsam vor. Indessen begann im Charakter meines Vaters von diesem Tage an eine merkliche Veränderung: er fühlte sich von einer bangen Unruhe ergriffen, deren Ursache er selbst nicht begreifen konnte, und ließ sich bald darauf zu einer Tat herbei, die von ihm kein Mensch erwartet hätte. Seit einiger Zeit hatten die Arbeiten eines seiner Schüler angefangen, die Aufmerksamkeit eines kleinen Kreises von Kennern und Liebhabern auf sich zu ziehen. Mein Vater hatte sein Talent schon früher erkannt und ihm daher sein besonderes Wohlwollen geschenkt. Plötzlich fühlte er Neid gegen diesen Schüler. Die allgemeine Teilnahme und das Gerede wurden ihm unerträglich. Das Maß seines Ärgers wurde aber voll, als er erfuhr, daß der Schüler den Auftrag erhalten hatte, ein Bild für eine neuerbaute reiche Kirche zu malen. Das machte ihn wütend. ›Nein, dieser Milchbart darf nicht triumphieren!‹ sagte er: ›Du bist noch zu jung, Bruder, um einen Alten zu blamieren! Ich habe ja noch, Gott sei Dank, Kraft genug. Wir wollen sehen, wer wen blamieren wird.‹ Und der aufrechte, herzensreine Mann wandte allerlei Intrigen und Ränke an, die er bisher verabscheut hatte; schließlich setzte er es durch, daß für das Bild ein Wettbewerb ausgeschrieben wurde und daß auch andere Künstler ihre Arbeiten einliefern durften. Dann schloß er sich in seinem Zimmer ein und machte sich mit Feuereifer an die Arbeit. Er schien alle seine Kräfte und sein ganzes Wesen in das Bild hineinlegen zu wollen. Und es wurde daraus in der Tat eines seiner besten Werke. Niemand zweifelte, daß er der Sieger im Wettstreit sein würde. Alle Bilder waren eingeliefert, und alle unterschieden sich von dem seinen wie die Nacht von dem Tage. Plötzlich aber machte eines der Mitglieder der Kommission, wenn ich nicht irre eine geistliche Amtsperson, eine Bemerkung, die alle verblüffte. ›Das Bild des Künstlers zeugt allerdings von viel Talent‹, sagte er, ›aber den Gesichtern fehlt die Heiligkeit; im Gegenteil, in den Augen steckt etwas Dämonisches, als hätte ein unsauberes Gefühl seinen Pinsel geleitet‹ Alle sahen das Bild noch einmal an und mußten sich von der Richtigkeit dieser Worte überzeugen. Mein Vater stürzte auf sein Bild zu, als wolle er die Stichhaltigkeit der verletzenden Bemerkung nachprüfen, und sah mit Entsetzen, daß er fast allen Gesichtern die Augen des Wucherers verliehen hatte. Sie blickten so dämonisch und vernichtend, daß er selbst unwillkürlich zusammenfuhr. Das Bild wurde zurückgewiesen, und mein Vater mußte zu seinem unbeschreiblichen Verdruß hören, daß sein Schüler den Sieg davongetragen hatte. Die Wut, in der er nach Hause zurückkehrte, läßt sich gar nicht beschreiben. Beinahe hätte er meine Mutter geschlagen; er jagte die Kinder hinaus, zerbrach alle seine Pinsel und die Staffelei, riß von der Wand das Porträt des Wucherers und ließ sich ein Messer geben und im Kamin Feuer machen, in der Absicht, das Porträt in Stücke zu schneiden und zu verbrennen. Bei diesem Vorhaben traf ihn ein Freund, der zufällig ins Zimmer trat, ein Maler gleich ihm, ein lustiger Patron, der mit sich stets zufrieden war, nach keinen hohen Zielen strebte, vergnügt jede Arbeit machte, die sich ihm gerade bot, und mit noch größerem Vergnügen sich an einem Schmause und Zechgelage beteiligte.

›Was machst du da? Was willst du verbrennen‹ fragte er und trat an das Porträt heran. ›Erlaube doch, es ist eines deiner besten Werke. Das ist der vor kurzem gestorbene Wucherer; es ist ein höchst vollkommenes Werk. Du hast den Mann nicht bloß getroffen, du bist ihm auch in die Augen eingedrungen. Die Augen haben selbst bei seinen Lebzeiten niemals so geblickt, wie sie bei dir blicken!‹

›Ich will mal sehen, wie sie im Feuer blicken werden!‹ sagte mein Vater und machte eine Bewegung, um das Porträt in den Kamin zu werfen.

›Halt ein, um Gottes willen!‹ sagte der Freund, indem er ihm in die Hand fiel. ›Gib es dann lieber mir, wenn es dein Auge so sehr beleidigt.‹ Mein Vater weigerte sich anfangs, willigte aber schließlich doch ein, und der lustige Patron trug, über seine Erwerbung sehr erfreut, das Porträt heim.

Als er fort war, fühlte sich mein Vater plötzlich ruhiger. Es war, als wäre ihm zugleich mit dem Porträt eine Last vom Herzen gefallen. Er wunderte sich nun selbst über seine Gehässigkeit, seinen Neid und die offensichtliche Veränderung seines Charakters. Als er sich seine Handlungsweise überlegt hatte, spürte er Trauer in seiner Seele und sagte sich nicht ohne Zerknirschung: ›Nein, das war eine Strafe Gottes; mein Bild ist mit Recht unterlegen. Es war mit der Absicht begonnen worden, um meinen Nächsten zugrunde zu richten. Das dämonische Gefühl des Neides hat meinen Pinsel geleitet, und ein dämonisches Gefühl hat sich auch dem Bilde mitgeteilt.‹ Er suchte sofort seinen früheren Schüler auf, umarmte ihn, bat ihn um Verzeihung und gab sich jede Mühe, sein Vergehen wiedergutzumachen. Nun konnte er wieder ruhig arbeiten, aber sein Gesicht zeigte immer wieder einen nachdenklichen Ausdruck. Er betete immer mehr, war öfter schweigsam und urteilte nicht mehr so streng über die Menschen; selbst seine äußeren Umgangsformen wurden milder. Bald darauf erschütterte ihn ein Ereignis noch mehr. Er hatte seinen Freund, der sich das Porträt von ihm erbettelt hatte, lange nicht gesehen. Schon wollte er ihn aufsuchen, als jener plötzlich selbst zu ihm ins Zimmer trat. Nach einigen Worten und Fragen von den beiden Seiten sagte jener: ›Nicht umsonst hast du das Porträt verbrennen wollen, Bruder. Hol es der Teufel, es ist etwas Schreckliches darin... Ich glaube nicht an Hexerei, aber in diesem Porträt steckt, du magst sagen, was du willst, etwas Teuflisches...‹

›Wieso?‹ fragte mein Vater.

›Gleich nachdem ich es bei mir im Zimmer aufgehängt hatte, beschlich mich ein so bedrückendes Gefühl, als wolle ich jemand erstechen. Mein Lebtag habe ich nicht gewußt, was Schlaflosigkeit ist, jetzt aber habe ich nicht nur die Schlaflosigkeit kennengelernt, sondern auch solche Träume, daß... Ich vermag selbst nicht zu sagen, ob es bloß Träume sind oder etwas anderes: es ist mir, wie wenn ein Teufel mich würgte, und dabei sehe ich immer den verfluchten Alten vor mir. Mit einem Worte, ich kann dir meinen Zustand gar nicht beschreiben. Etwas Ähnliches habe ich noch nie erlebt. Alle diese Tage irrte ich wie ein Verrückter umher: ich fühlte fortwährend irgendeine Angst, irgendeine unangenehme Erwartung. Ich fühle, daß ich kein einziges lustiges, aufrichtiges Wort sprechen kann; es ist mir, als ob in mir ein Spion säße. Erst als ich das Porträt meinem Neffen schenkte, der selbst danach verlangte, war es mir, als ob mir ein Stein vom Herzen gefallen wäre: plötzlich fühlte ich mich wieder lustig, wie du mich jetzt siehst. Ja, Bruder, einen schönen Teufel hast du fertiggekriegt!‹

Mein Vater hörte seinen Bericht mit gespannter Aufmerksamkeit an und fragte schließlich: ›Befindet sich das Porträt jetzt bei deinem Neffen?‹

›Ach was, beim Neffen! Der hielt es auch nicht aus!‹ sagte der lustige Patron. ›Die Seele des Wucherers scheint ins Porträt gefahren zu sein: er springt aus dem Rahmen, geht durch das Zimmer, und was mein Neffe über ihn erzählt, ist einfach unfaßbar. Ich würde ihn für verrückt halten, wenn ich es zum Teil nicht auch selbst erlebt hätte. Er hat das Porträt irgendeinem Bildersammler verkauft, und auch dieser hielt es nicht aus und verkaufte es weiter.‹

Diese Erzählung machte auf meinen Vater einen starken Eindruck. Er wurde tief nachdenklich, verfiel in Hypochondrie und war zuletzt ganz davon überzeugt, daß sein Pinsel als teuflisches Werkzeug gedient habe, daß das Leben des Wucherers auf irgendeine Weise zum Teil wirklich ins Porträt gefahren sei und die Menschen beunruhige, indem es ihnen teuflische Gedanken eingäbe, die Künstler vom Wege abbringe, gräßlichen Neid erzeuge und so weiter. Die drei Unglücksfälle, die sich bald darauf ereigneten, die drei plötzlichen Tode: der seiner Frau, seiner Tochter und seines kleinen Sohnes sah er als eine himmlische Strafe an und faßte den unabänderlichen Entschluß, die Welt zu fliehen. Als ich neun Jahre alt geworden war, gab er mich auf die Kunstakademie, rechnete dann mit allen seinen Gläubigern ab und zog sich in ein entlegenes Kloster zurück, wo er bald darauf die Mönchsweihen empfing. Dort setzte er durch seine strenge Lebensführung und durch die peinliche Befolgung aller Klosterregeln die Mönche in Erstaunen. Als der Prior des Klosters von seiner Kunst erfuhr, gab er ihm den Auftrag, für die Klosterkirche ein Altarbild zu malen. Aber der demütige Bruder weigerte sich entschieden und sagte, daß er unwürdig sei, den Pinsel zu ergreifen, weil dieser entweiht sei, und daß er erst durch Mühe und große Opfer seine Seele läutern müsse, um der Ehre teilhaftig zu werden, solch ein Werk zu unternehmen. Man wollte ihn dazu nicht zwingen. Er erschwerte für sich selbst, soweit es ging, die Strenge des klösterlichen Lebens. Zuletzt erschien ihm auch dieses nicht streng genug. Mit Genehmigung des Priors entfernte er sich in eine Einsiedelei, um ganz allein zu sein. Dort baute er sich aus Baumästen eine Zelle, lebte nur von rohen Wurzeln, schleppte Steine von einem Ort zum andern und stand von Sonnenaufgang bis zum Sonnenuntergang immer auf dem gleichen Fleck, die Arme gen Himmel erhoben und unausgesetzt Gebete sprechend – mit einem Worte, er erfand wohl alle denkbaren Stufen der Kasteiung und jener unfaßbaren Selbstaufopferung, für die man höchstens in der Heiligenlegende Beispiele finden kann. So kasteite er lange, mehrere Jahre hindurch seinen Körper und stärkte ihn zugleich mit der belebenden Kraft des Gebets. Endlich kam er eines Tages ins Kloster und sagte dem Prior mit fester Stimme: ›Nun bin ich bereit; wenn es Gott gefällig ist, werde ich das Werk vollenden.‹ Der Gegenstand, den er wählte, war die Geburt des Heilands. Ein ganzes Jahr arbeitete er daran, ohne seine Zelle zu verlassen, von karger Kost lebend und ununterbrochen betend. Nach Ablauf des Jahres war das Bild fertig. Es war tatsächlich ein Wunder der Malkunst. Es ist zu bemerken, daß weder die Klosterbrüder noch der Prior viel Verständnis für die Malerei hatten, aber alle waren über den ungewöhnlich heiligen Ausdruck der Gestalten erstaunt. Das Gefühl göttlicher Demut und Milde im Antlitz der allerreinsten Gottesmutter, die sich über das Kind beugte, die tiefe Weisheit in den Augen des göttlichen Kindes, das schon das feierliche Schweigen der vom göttlichen Wunder erschütterten Heiligen Drei Könige zu seinen Füßen in der Zukunft zu schauen schien, und endlich die heilige, unaussprechliche Stille, von der das ganze Bild erfüllt war – dies alles stellte sich in einer so harmonischen Kraft und machtvollen Schönheit dar, daß der Eindruck magisch war. Alle Klosterbrüder fielen vor dem neuen Bilde in die Knie, und der gerührte Prior sprach: ›Nein es ist unmöglich, daß ein Mensch mit Hilfe der menschlichen Kunst allein ein solches Kunstwerk geschaffen hat: eine heilige, höhere Macht hat deinen Pinsel geleitet, und der Segen des Himmels senkte sich auf dein Werk herab.‹

Um diese Zeit beendete ich das Studium an der Akademie, erhielt die goldene Medaille und mit ihr die beseligende Aussicht auf eine Italienreise – den schönsten Traum eines jungen Künstlers. Mir blieb nur noch, mich von meinem Vater zu verabschieden, den ich seit zwölf Jahren nicht gesehen hatte. Ich muß gestehen, daß selbst sein Bild aus meiner Erinnerung geschwunden war. Ich hatte schon einiges von der strengen Heiligkeit seines Lebens gehört und stellte ihn mir als einen rauhen Einsiedler vor, der gegen alles in der Welt außer seiner Zelle und seinen Gebeten gleichgültig sei, als einen ausgemergelten, durch das ewige Fasten und Wachen erschöpften Menschen. Wie war ich aber erstaunt, als ich vor mir einen schönen, beinahe göttlichen Greis erblickte! Sein Gesicht zeigte nicht die geringste Spur von Kasteiungen: es leuchtete vor himmlischer Heiterkeit. Der schneeweiße Bart und die feinen, beinahe luftigen Haare vom selben silbernen Weiß flossen malerisch über seine Brust und die Falten seiner schwarzen Kutte und fielen bis zum Stricke hinab, mit dem er sein ärmliches Mönchsgewand umgürtete. Am meisten war ich aber erstaunt, als ich aus seinem Munde Worte und Gedanken über die Kunst hörte, die ich, offen gestanden, lange in meiner Seele bewahren werde, und ich wünsche aufrichtig, daß auch jeder meiner Brüder in der Kunst dasselbe tue.

›Ich habe dich erwartet, mein Sohn‹, sagte er mir, als ich auf ihn zuging, um mir seinen Segen zu erbitten. ›Es steht dir ein Weg bevor, dem dein Leben nun folgen wird. Dein Weg ist rein, irre von ihm nicht ab. Du hast ein Talent; das Talent ist das kostbarste Geschenk Gottes – richte es nicht zugrunde. Erforsche und studiere alles, was du erblickst, mache alles deinem Pinsel Untertan; lerne aber, in allem die darin verborgene Idee zu erkennen und bemühe dich am meisten, das hohe Geheimnis der Schöpfung zu ergründen. Selig ist der Auserwählte, der es beherrscht. Für diesen gibt es in der ganzen Natur nichts Gemeines. Der schöpfende Künstler ist im Geringen ebenso groß wie im Großen; im Verächtlichen gibt es für ihn nichts Verächtliches, denn es ist sichtbar von der schönen Seele des Schöpfers durchleuchtet, und das Verächtliche erhält dadurch einen erhabenen Ausdruck, weil es im Fegefeuer seiner Seele geläutert worden ist … Die Ahnung vom Göttlichen, vom himmlischen Paradiese ist für den Menschen in der Kunst enthalten, und schon darum ist sie erhabener als alles. Ebenso wie feierliche Ruhe über jede weltliche Unruhe erhaben ist, so erhaben ist auch die Schöpfung über die Zerstörung; wie der Engel schon durch die keusche Unschuld seiner lichten Seele über die zahllosen Heere und die hochmütigen Leidenschaften des Satans erhaben ist, so steht auch die hehre Schöpfung der Kunst über allen Dingen der Welt. Bringe ihr alles zum Opfer und liebe sie mit deiner ganzen Leidenschaft – nicht mit der Leidenschaft, die irdisches Begehren atmet, sondern mit der stillen, himmlischen Leidenschaft: ohne sie hat der Mensch nicht die Gewalt, sich über die Erde zu erheben und die wunderbaren Tone des Friedens anzustimmen; denn das hehre Werk der Kunst steigt auf die Erde herab, nur um allen Ruhe und Versöhnung einzuflößen. Es kann in der Seele kein Murren wecken, sondern strebt als klingendes Gebet zu Gott empor. Aber es gibt Augenblicke, finstere Augenblicke …‹ Er hielt inne, und ich merkte, daß sein leuchtendes Antlitz plötzlich wie von einer flüchtigen Wolke verdüstert wurde. ›Es gab ein Ereignis in meinem Leben‹, sagte er. ›Ich kann auch heute nicht begreifen, wer jenes seltsame Wesen war, das ich malte. Es war wie eine teuflische Erscheinung. Ich weiß, die Welt leugnet die Existenz des Teufels, und darum werde ich von ihm nicht sprechen; ich will nur sagen, daß ich ihn mit Abscheu malte: damals fühlte ich nicht die geringste Liebe für mein Werk. Ich wollte mich gewaltsam bezwingen und alles in mir unterdrücken, um seelenlos treu der Natur zu folgen. Es war keine Schöpfung der Kunst, und darum sind die Gefühle, die sich der Menschen bei seinem Anblick bemächtigen, aufrührerische, unruhige Gefühle und nicht die eines Künstlers, denn der Künstler atmet selbst in der Unruhe Ruhe. Man sagte mir, das Porträt gehe von Hand zu Hand und verbreite die quälendsten Eindrücke; es erzeuge im Künstler Neid, finsteren Haß gegen seinen Bruder und das gehässige Bestreben, alles zu unterdrücken und zu verfolgen. Der Allmächtige möge dich vor solchen Leidenschaften bewahren! Es gibt nichts Schrecklicheres als sie. Es ist besser, selbst die ganze Bitternis aller möglichen Verfolgungen zu kosten, als einen andern zu verfolgen. Bewahre die Reinheit deiner Seele. Wer ein Talent in sich birgt, der muß an Seele reiner als alle sein. Einem andern wird vieles verziehen, was ihm nicht verziehen wird.

Wenn ein Mensch in hellem festlichem Gewände aus dem Hause getreten ist, so genügt schon ein einziger Schmutzspritzer von einem Wagen, damit die Menge ihn umringe, auf ihn mit dem Finger weise und von seiner Unsauberkeit spreche, während die gleiche Menge die vielen Schmutzspritzer an anderen Menschen, die ihre Werktagskleider anhaben, nicht sieht; denn auf den Werktagskleidern sind die Flecke nicht sichtbar.‹

Er segnete und umarmte mich. Nie im Leben war ich von solcher Rührung erschüttert wie an diesem Tag. Andächtig, mit einem Gefühl, das mehr als Sohnesliebe war, fiel ich ihm an die Brust und küßte seine herabfließenden silbernen Haare. Tränen glänzten in seinen Augen. ›Mein Sohn, erfülle mir meine einzige Bitte‹, sagte er beim Abschied. ›Vielleicht wird es sich fügen, daß du irgendwo das Porträt findest, von dem ich sprach – du wirst es an den ungewöhnlichen Augen und an ihrem natürlichen Ausdruck erkennen – so vernichte es um jeden Preis...‹

Sie können selbst urteilen, ob es mir möglich war, ihm nicht zu schwören, seine Bitte zu erfüllen. Fünfzehn Jahre lang konnte ich nichts finden, was auch entfernt der Beschreibung, die mir mein Vater gab, entsprochen hätte. Aber auf dieser Auktion...«

Der Künstler sprach den Satz nicht zu Ende und richtete seinen Blick auf die Wand, um das Porträt noch einmal zu sehen. Die gleiche Bewegung machten augenblicklich auch alle Zuhörer, und alle Augen suchten das ungewöhnliche Porträt. Zum höchsten Erstaunen aller hing es aber nicht mehr an der Wand. Ein unruhiges Gemurmel lief durch die ganze Menge, und gleich darauf ließ sich deutlich das Wort vernehmen: »Gestohlen!« Jemand hatte sich die Aufmerksamkeit der von der Erzählung hingerissenen Zuhörer zunutze gemacht und das Bild entwendet. Lange noch blieben die Anwesenden bestürzt, und niemand wußte, ob man die ungewöhnlichen Augen tatsächlich gesehen hatte, oder ob es nur ein Traum war, der ihren durch das lange Betrachten alter Bilder ermüdeten Augen vorgeschwebt.